选堂诗书评注

饶宗颐 著
陈韩曦 翁艾 注译

南方出版传媒
花城出版社
中国·广州

冰炭集

图书在版编目（ＣＩＰ）数据

冰炭集 / 饶宗颐著；陈韩曦，翁艾注译. -- 广州：花城出版社，2017.5
　（选堂诗词评注）
　ISBN 978-7-5360-8327-1

Ⅰ．①冰… Ⅱ．①饶… ②陈… ③翁… Ⅲ．①诗词－作品集－中国－当代 Ⅳ．①I227

中国版本图书馆CIP数据核字(2017)第073979号

出 版 人：詹秀敏
策划编辑：詹秀敏
责任编辑：李　谓　杜小烨
技术编辑：薛伟民　凌春梅
装帧设计：王　越
图片来源：饶清芬　陈韩曦
　　　　　香港大学饶宗颐学术馆
图片编辑：曾雅丽

书　　名	冰炭集 BING TAN JI
出版发行	花城出版社 （广州市环市东路水荫路11号）
经　　销	全国新华书店
印　　刷	佛山市浩文彩色印刷有限公司 （广东省佛山市南海区狮山科技工业园A区）
开　　本	787毫米×1092毫米　16开
印　　张	7　7插页
字　　数	120,000字
版　　次	2017年5月第1版　2017年5月第1次印刷
定　　价	32.00元

如发现印装质量问题，请直接与印刷厂联系调换。
购书热线：020 - 37604658　37602954
花城出版社网站：http://www.fcph.com.cn

2011年5月，饶宗颐教授获塔斯曼尼亚大学颁授名誉博士学位

2016年5月,揭阳"宗颐亭"落成

饶宗颐所绘新加坡阿答屋

目　录

冰炭集/3

睡起/6

杜鹃谢后作/7

读唐人张碧诗/8

春阴四首/10

京都大原山寺听梵呗题赠多纪上人/13

梦天/14

连夕风雨不寐/15

口占赠畸斋/17

凤皇山雾中涌现/18

流浮山即事/19

雁/21

题敦煌琵琶谱二绝/22

僧道骞楚辞音残卷/24

敦煌卷尾每有写经生题记/26

罗子期以手摹楚简见贶报之以诗/28

题听雨楼杂笔为高伯雨六首/30

展董彦老墓次声步韵义山故驿吊桂府之作/35

京都僧俗秋祭焚山祈禳禊灾，与清水茂大地原两教授登高同观/36

东京东洋文化研究所插架有明代诗人小传钞本六卷，向不知谁何之作。书中起谢山人榛，终范阁学景文，盖牧斋列朝诗集初稿残帙也。末有雍正癸卯李穆堂七古，首句云："夫人柳氏女中侠，玉池文采双鸳鸯。"指柳如是事。漫题短句，以志眼福/37

中秋前一夕洪煨莲丈招饮康桥别业/39
哈佛图书馆裘开明教授出示宋元佳椠因题/40
博览会题所见宋椠/42
初见楚缯书于纽约戴氏家/44
波士顿读画三首/46
题世界博览会印尼馆/49
Chrevelan博物院有长沙出土双凤双蛇巨座，与信阳所出虎座鼓，形制相近/50
北美匹兹堡（Pittsburgh）见红叶/51
北美飞东京途中作/52
琵琶湖晚兴/53
大阪赠林谦三/54
燃林房与水原琴窗论词/55
池田末利偕游严岛平松公园/56
过牛田访故友斯波六郎旧居/57
戴密微丈座上作兼简吉川教授京都三首/58
寄莲生/60
偶读宋珏诗句"他日相思如读画"，记年时于碧寒家中观比玉题字，远隔千里，因赋短句分寄港中诸画友/61
忆神田鬯庵/62
寄平冈武夫/64
忆侯夫曼/66
闻雪/67
一九六六年一月十一日巴黎大雪，郊外深三尺，十年所未有，喜赋/68
初食高丽蓟/70
以Lilas插胆瓶漫赋/72
题纳兰词/74
登月戏咏/76
禅趣四首和巴壶天/78

学苑林杂题/81

长沙酒家坐月翌日小女将有远行/85

戊申中秋夜月全食，鼓琴待月/87

加东海畔/88

九日/89

杂题/91

槟城极乐寺路旁题壁，有光绪丙午听水翁留念妙莲方丈绝句，漫灭不可卒读，试为录出。诗云："龙象真成小鼓山，廿年及见写经还。何期六十陈居士，听水椰林海色间。"检《沧趣楼集》，果有此诗，因和两首/93

花圃和晋嘉/95

鲲岛欸乃 草山二首/96

水里坑/98

集集道上/99

日月潭杂诗/100

登天路/102

化番社/103

水社/104

涵碧楼夜宿/105

打鼓山/106

冰炭集

平生所作诗，懒不收拾，竹箧存者犹近千首。友人颇爱余绝句，而刊行仅有瑞士黑湖诸作。爰以暇晷，裒录成帙。漏雨苍苔，浮萍绿锦，虽无牧之后池之蕴藉，庶几表圣狂题之悲慨。舟车所至，五洲已历其四。祁寒酷暑，发为吟哦，往往不能自已。念世孰相知定吾文者，遂奋笔删订，颜曰《冰炭集》，并系五古三首，鸣蛩哀鼋，聊助鼓吹云尔。

壬子时在星洲

冰炭集

胸次罗冰炭①，南北阻关山。
我愁那可解，一热复一寒。
条风②频布暖，漫云岁已阑。
宵来爆竹声，聊以警颓顽。

注释：

①冰炭：冰块和炭火。比喻性质相反，不能相容。或以喻矛盾冲突。《韩非子·用人》："争讼止，技长立，则彊弱不觳力，冰炭不合形，天下莫得相伤，治之至也。"
②条风：东北风。一名融风，主立春四十五日。《山海经·南山经》："（令邱之山）其南有谷焉，曰中谷，条风自是出。"

浅解：

　　1968年，饶公到新加坡任教，当时的新加坡刚摆脱马来西亚的管治，成立共和国不久。新加坡政府不重视华文，不提倡中国语言，并处处压制中国文化，新加坡国立大学作为其国内唯一一所高等学府，没有多少学术气氛。在这样的环境下，饶公内心十分矛盾，由此阐发冰炭之感，忧从中来。
　　简译：胸中罗列冰块炭火，天南地北山川阻隔。我的忧愁哪有解法，心头里忽冷又忽热。东北风频繁布暖意，漫道已是岁末时节。入夜爆竹声声传来，警示莫要颓废顽劣。

乱绪托高林，寒自波心①起。
指按欲断弦，音生无际水。
瘦秋镂细叶，微飔②动文绮③。
我衰更梦谁，幽忧④此能理。

注释：

①波心：水中央。唐·白居易《春题湖上》诗："松排山面千重翠，月点波心一颗珠。"

②微飔：微凉的秋风。

③文绮：比喻华丽的文辞。南朝·梁·刘勰《文心雕龙·书记第二十五》："或全任质素，或杂用文绮。"

④幽忧：过度忧劳；忧伤。《庄子·杂篇·让王》："我适有幽忧之病，方且治之，未暇治天下也。"

浅解：

　　秋意无边，凉风有信，山林之中面对湖水抚琴而弹，触动饶公的文思，更加触发饶公心中的愁情。

　　简译：乱绪依托高竿林木，寒冷自水中而升起。手指轻按欲断琴弦，乐音生于无际之水。羸弱秋意雕刻细叶，凉风触动华美辞藻。衰弱如我想起何人，忧伤在此如何理解。

　　　　游丝①隔重帘，望春目欲断。
　　　　漠漠疏林外，入画但荒远。
　　　　流水自潺湲②，中有今古怨。
　　　　日暮忽飞花，闲愁起天半。

注释：

①游丝：飘动着的蛛丝。唐·皎然《效古诗》："万丈游丝是妾心，惹蝶萦花乱相续。"

②潺湲：水慢慢流动的样子。《楚辞·九歌·湘夫人》："荒忽兮远望，观流水兮潺湲。"

浅解：

　　星洲虽远，山水皆宜入画，然现实与理想的格格不入让饶公无暇领略此中风景，愁苦之情从中萌生。

简译：空中游丝隔帘飘舞，盼望春天目光欲断。疏林之外迷迷蒙蒙，荒远之景最宜入画。江水迟缓而流淌着。夜幕降临花儿飘飞，闲时愁闷凭空而生。

睡　　起

心花开到落梅前，清梦①深藏五百年。
蝴蝶何曾迷远近，眼中历历是山川。

注释：

①清梦：犹美梦。宋·陆游《枕上述梦》诗："江湖送老一渔舟，清梦犹成塞上游。"

浅解：

　　饶公梦中畅游五百年，醒来历赏万重山，令其身心俱远，愉悦而舒畅。
　　简译：落梅之旁使我心花怒放，美梦中宛如度过五百年。蝴蝶飘舞何曾让我迷失，历历在目的是此地山川。

杜鹃谢后作

籁籁^①风威众草低,行人怅望日沉西。
杜鹃泪血^②应抛尽,如许残春不敢啼。

注释:

①籁籁:风吹物体等的声音。
②杜鹃泪血:即"杜鹃啼血"。传说杜鹃昼夜悲鸣,啼至血出乃止。常用于形容哀痛之极。唐·白居易《琵琶行》诗:"其间旦暮闻何物?杜鹃啼血猿哀鸣。"

浅解:

在萧瑟悲凉的自然景物中,饶公抒发了自己像残春一样无奈的心情。他认为春季将尽,杜鹃凋谢,伤春之情亦应抛却,人生莫要停留在悲痛的回忆之中。

简译:威风籁籁令众草木伏低,日渐西下路上行人心生惆怅。应当抛尽杜鹃泪血之悲,如此残留春意莫要啼鸣。

读唐人张碧①诗

天教下笔证兴亡②,剩有新声接混茫③。
见说髑髅④浑欲语,野田磷火⑤又成行。

注释:

①张碧:字太碧,唐末诗人,籍贯及生卒年均不详。屡举进士不第,寄情诗酒,慕李太白之高致,其诗风受李白、李贺、贯休影响较深。擅长古风,多抨击黑暗现实,同情人民疾苦,有《张碧歌诗集》一卷。
②下笔证兴亡:见唐·孟郊《读张碧集》:"下笔证兴亡,陈词备风骨。"
③混茫:指广大无边的境界。唐·杜甫《滟滪堆》诗:"天意存倾覆,神功接混茫。"
④髑髅:死人的头盖骨。《庄子·外篇·至乐》:"庄子之楚,见空髑髅。"
⑤磷火:磷化氢燃烧时的火焰。人和动物的尸体腐烂时分解出磷化氢,并自动燃烧。夜间在野地里看到的白色带蓝色火焰的就是磷火,俗称"鬼火"。

浅解:

张碧诗歌具有现实意义,遇不平之事必抨击,遇百姓疾苦必感叹,作品透出深刻的爱国爱民思想。饶公此诗正指出了张碧这种鲜明的写作特色,借诗歌表达了对历经世间纷争的穷苦百姓的同情与自己的无奈之情。

简译:天让其用文字记录兴亡,赋作新声接连天地混茫。路见头骨立刻张言欲语,田野之中鬼火忽又成行。

络纬①风前晚自哀,飞花飞雨落苍苔②。
何人为续游春引③,会见勾芒④入梦来。

注释:

①络纬:虫名,即莎鸡,俗称络丝娘、纺织娘。夏秋夜间振羽作声,声如纺

线,故名。唐·李白《长相思·其一》诗:"长相思,在长安。络纬秋啼金井阑,微霜凄凄簟色寒。孤灯不明思欲绝,卷帷望月空长叹。"

②苍苔:青色苔藓。晋·潘岳《河阳庭前安石榴赋》:"壁衣苍苔,瓦被驳鲜,处悴而荣,在幽弥显。"

③游春引:见唐·张碧《游春引·其三》诗:"万汇俱含造化恩,见我春工无私理。"

④勾芒:立春祭芒神。芒神又称为勾芒。

浅解:

　　张碧有《游春引》诗,描绘了春季造化万物之工,饶公借用诗意,阐述了春季多愁的事实,虫儿哀鸣,细雨蒙蒙,花自凋零,并以春愁表达了对诗人张碧的缅怀以及对其作品的感叹。

　　简译:迎风莎鸡傍晚独自哀鸣,雨飞花飘落入青色苔藓。谁人来续写张碧游春引,在梦想中会见春神勾芒。

春 阴 四 首

连旬^①未有不阴时，道是春回花却迟。
人日^②一阳犹未复，低徊方寸草堂诗^③。

注释：

①连旬：接连数旬。《旧五代史·周书·恭帝纪》："是月，州郡十六奏大雨连旬不止。"
②人日：旧俗以农历正月初七为人日。《太平御览》卷三十引南朝·梁·宗懔《荆楚岁时记》："正月七日为人日。以七种菜为羹，剪彩为人，或镂金箔为人，以贴屏风，亦戴之头鬓。又造华胜以相遗。"
③方寸草堂诗：见唐·杜甫《杜工部草堂诗笺·偶题》诗："文章千古事，得失寸心知。"方寸，本指一寸见方的心部，又作寸心。

浅解：

　　春季已到，天气未曾见阳，阴郁时节人亦忧郁，独自徘徊诵咏杜甫草堂所作闲适诗，闲适之中透露出一种不闲适的滋味。
　　简译：接连数旬未有不阴之时，都说春天已到花却未到。人日之后太阳未曾升起，徘徊方寸处吟诵草堂诗。

一畦细雨掠波平，仄径^①奔车荦确^②行。
闻道提封^③废阡陌^④，塍沟^⑤不断辘轳^⑥声。

注释：

①仄径：狭窄的小路。明·许承钦《夏仲自正觉寺游佛峪逐登龙洞山绝顶·其五》诗："群跻幽壑巅，扪萝遵仄径。"
②荦确：怪石嶙峋貌。唐·韩愈《山石》诗："山石荦确行径微，黄昏到寺蝙蝠飞。"

③提封：犹版图，疆域。隋·薛道衡《老氏碑》："牂牁、夜郎之所，靡漠、桑榆之地，咸被声教，并入提封。"

④阡陌：田界；田间小路。晋·陶渊明《桃花源记》："阡陌交通，鸡犬相闻。"

⑤塍沟：田间的小堤和水沟。

⑥辘轳：也作轮，车轮。

浅解：

　　此诗描写山间下路春雨迷蒙之景，从中折射出羁旅路途的艰辛以及人们奔波劳累的宿命。

　　简译：细雨掠过波涛使之趋平，驱车奔走于险峻山路上。早闻国土之大路途庞杂，堤坝沟壑车如水马如龙。

　　　　　　万花溅泪汝何堪，瞆瞆①彼苍②睡尚酣。
　　　　　　向晚断霞千里赤，惊心鱼尾是天南③。

注释：

①瞆瞆：昏瞆糊涂。汉·扬雄《太玄·玄攡》："晓天下之瞆瞆，莹天下之晦晦者，其唯玄乎！"

②彼苍：天的代称。《诗·秦风·黄鸟》："彼苍者天"。

③天南：指岭南，亦泛指南方。唐·白居易《得潮州杨相公继之书并诗以此寄之》诗："诗情书意两殷勤，来自天南瘴海滨。"

浅解：

　　花本为物，但因人之感情，移情于物，生出溅泪悲凉之感。饶公身处异乡，春天的景象与故乡如此相似。"惊心鱼尾"，以为真回到了故乡，思乡之切，春愁之深从中生出。

　　简译：万花溅泪之感谁能承受，天空昏昏沉沉尚未醒来。临近夜晚断霞千里红艳，鱼尾惊心以为这是岭南。

冻雨①何尝与洗尘②，新栽杨柳不成春③。
闲云忙水愁何在，屋角鸣鸠④秪笑人。

注释：

① 冻雨：暴雨。《楚辞·九歌·大司命》："令飘风兮先驱，使冻雨兮洒尘。"
② 洗尘：设宴欢迎远道来的客人叫洗尘。清·翟灏《通俗编·仪书》："凡公私值远人初至，或设饮，或馈物，谓之洗尘。"
③ 春：绿荫。
④ 鸣鸠：即斑鸠。《诗·小雅·小宛》："宛彼鸣鸠，翰飞戾天。"

浅解：

　　春季已至，冻雨迷蒙，杨柳不成荫，此情此景容易让人忧愁。但饶公不觉，天空云依旧飘荡，地上水流仍然奔流，一切如故，没有什么值得忧愁的，消极之情只会让屋角斑鸠看了笑话。

　　简译：暴雨何尝为人清洗凡尘，新载种的杨柳不成绿荫。云闲飘水急流愁思何在，屋角斑鸠啼鸣笑看人生。

京都大原山寺听梵呗题赠多纪上人①

入谷鸣蝉先洗耳,升堂吹律②遏行云③。
鱼山遗响④今谁继,待起陈思⑤与细论。

注释:

① 多纪上人:日本佛教天台宗宗务总长多纪颖信。
② 吹律:指吹奏管乐。明·杨慎《凤赋》:"遂乃命伶伦断嶰谷之竹,吹律写凤之音;素女调三舌之簧,炙笙像凤之翼。"
③ 遏行云:即"响遏行云",典出《列子·汤问》。形容歌声嘹亮,高入云霄,连浮动着的云彩也被止住了。
④ 鱼山遗响:鱼山梵呗是中国汉语佛教音乐的原声,源于印度声明学。梵呗,即印度五明之声明,属三学的"定"学法门。我国最早创作汉传梵呗的是曹魏时代陈思王曹植,他尝游鱼山(一作渔山,今山东阿县境),闻空中有一种梵响(岩谷水声),清扬哀婉,细听良久,深有所悟,乃摹其音节,感鱼山之神制。自此,从西域、天竺传来的"梵音"开始适用于汉语咏唱,后鱼山梵呗泛指为传统佛教音乐。
⑤ 陈思:即陈思王曹植。

浅解:

饶公到京都大原山寺听梵呗,听多纪颖信演奏日本音乐,随成此诗赠多纪上人。诗歌从入山写起,通过"鸣蝉"、"洗耳"、"遏行云"衬托梵呗的清新绝俗,感叹鱼山梵呗的神制,诗歌透露出对梵呗能否流传千古的担忧,以及多纪上人对佛教音乐的传承和发扬的赞赏与尊敬。

简译:山谷鸣蝉为我清洗耳朵,登堂吹奏管乐行云亦止。鱼山梵呗遗音今谁继承,等待与陈思王曹植细论。

梦 天

夜梦扪天①万叠青,驰魂②何远叩冥冥。
千年走马③人间世,但觉乾坤④水上萍。

注释:

①扪天:摸天。宋·洪兴祖。《楚辞补注》卷四《九章·悲回风》:"据青冥而攄虹兮,遂倏忽而扪天。"
②驰魂:快跑,向往。形容震撼心灵。
③走马:比喻时间短暂。元·商衢《玉抱肚》曲:"更做道走马儿恩情,甚前时聚会,昨宵饮宴,今朝祖送,来日离别?"
④乾坤:称天地。《易·说卦》:"乾为天……坤为地。"

浅解:

　　饶公梦天,置身天地,空灵之感让其感到自身渺小,人世兴衰转瞬即逝,天地如同水上浮萍,沉浮变化,并非人力所能够掌控。本诗旨在告诫人们在面对无奈时更应该有豁达开朗之心境。

　　简译:夜里梦万叠青山九重天,灵魂飘远渐入冥冥之境。人世间千百年走马而逝,顿觉天地如同水上浮萍。

连夕风雨不寐

六载清明不到家，石榴花发思愈赊①。
梦中多少愁风雨，换作商声②遍海涯。

注释：

①赊：赊远，久远，遥远。
②商声：五音中的商音。《文选·卷十八音乐下·长笛赋》："易京君明识音律，故本四孔加以一。君明所加孔后出，是谓商声五音毕。"

浅解：

  清明时节，风雨不寐，饶公六年未曾回家，在石榴花开的季节思绪更加飘零，风雨之中愁苦也自然萌生。饶公希望风雨之声能够化作音律将自己的思念带回家乡。

  简译：六年清明时节未曾回家，石榴花开令思绪飘更远。梦中多少忧愁随着风雨，换作商音传遍天涯海角。

何物煮愁能煮熟，深宵虚负短檠灯①。
安排纸笔刚成句，穿屋斜风冷可憎。

注释：

①短檠灯：矮灯架，借指小灯。唐·韩愈《短灯檠歌》："一朝富贵还自恣，长檠焰高照珠翠；吁嗟世事无不然，墙角君看短檠弃。"

浅解：

  夜深人静，风冷如冬，何物能将愁苦煮熟？饶公反问自己而无法解答，唯有借助诗歌来抒发心中的郁结，表现自己的无奈和苦恼。

  简译：什么物品煮愁能够煮熟，深夜莫要辜负小灯之暖。安排纸笔赋写新的诗句，斜风穿过屋子冷令人憎。

烛暗眼昏莫解衣，薄凉犹似暮春时。
纵吟诗句无人识，只有飞蛾扑砚池。

浅解：

　　此诗进一步展现饶公孤独之感：友人不在身边，吟诗作对没人应和，凄惨唯有飞蛾相伴。

　　简译：烛光暗眼昏花莫要解衣，微微凉意犹似暮春时节。纵使吟咏诗歌无人赏识，此时只有飞蛾扑落砚池。

无花何事雨仍狂，树杪①波涛欲撼床。
谁向蓬莱斟海水，海空水尽是何乡②。

注释：

①树杪：树梢。《陈书·儒林传·王元规》："元规自执橃棹而去，留其男女三人，阁于树杪。"
②海空水尽是何乡：杜牧诗"水尽到底看海空"。

浅解：

　　此诗是饶公对持续阴雨天气表示郁闷和不满：花季已过，雨势为何依旧？这是想要将海水抽空，化作风雨，让人迷失在天地之中而找不到故乡吗？实乃饶公借"困于风雨"来表示自己思乡的苦闷。

　　简译：花已凋零雨势为何疯狂，树梢风雨如波涛欲撼床。谁向蓬莱仙境借取海水，海空了水尽了何处是乡。

口占①赠畸斋

韦诞②张芝③去不回,书林谁复辟蒿莱④。
为君重咏出师颂⑤,应有昆仑入梦来。

注释:

①口占:指即兴作诗,不打草稿,随口吟诵出来。
②韦诞:字仲将,三国魏京兆(今陕西西安)人,擅长各种书体,书法家、制墨家,东汉太仆韦端之子,官至侍中。韦诞师张芝,兼学邯郸淳的书法。
③张芝:生年不详,约卒于汉献帝初平三年(约公元192年),字伯英。汉族,敦煌渊泉(今甘肃安西)人。东汉书法家。书迹今无墨迹传世,仅北宋《淳化阁帖》中收有他的《八月帖》等刻帖。
④蒿莱:野草;杂草。《韩诗外传》卷一:"原宪居鲁,环堵之室,茨以蒿莱。"
⑤出师颂:《出师颂》自唐朝以来,一直流传有序,唐朝由太平公主收藏,宋朝绍兴年间入宫廷收藏,明代由著名收藏家王世懋收藏,乾隆皇帝曾将其收入《三希堂法帖》。1922年,逊位清帝溥仪以赏赐溥杰的名义,将该卷携出宫外,1945年后失散民间。2003年7月突然在中国嘉德2003年春季拍卖会上亮相,引起业界轩然大波。其作者索靖是晋代著名书法家,《宣和书谱》记载,索靖少年时就有出群之才。索靖书法以章草名动一时,其书法"如风乎举,鸷鸟乍飞,如雪岭孤松,冰河危石",十分地险峻遒劲,索靖在中国书法史上拥有很高的地位,史评其书法"与羲(王羲之)、献(王献之)相先后也",而《出师颂》是其硕果仅存的孤品。

浅解:

饶公口占诗句赠送畸斋,借用历史名家韦诞、张芝开辟之功,以索靖《出师颂》之地位,对其书法的造诣加以褒扬。

简译:韦诞张芝已逝无法挽回,书坛之中谁来开辟新地。让我为君咏诵出师颂,定有昆仑关大捷入梦来。

凤皇山雾中涌现

云窗雾阁隐楼台,草树青青簇四隈①。
休向荆关②搜画本,此山无语忽飞来。

注释:

①四隈:四角。《文选·卷六京都下·魏都赋》:"考之四隈,则八埏之中。"
②荆关:五代画家荆浩、关仝师徒以擅画山水齐名,故并称"荆关"。宋·梅尧臣《观邵不疑学士所藏名书古画》诗:"山水树石硬,荆关艺能至。"

浅解:

　　山色隐于云雾之中,青青草木充斥四面八方,如此美景无须在荆浩、关仝山水画作中觅得。饶公将山雾中的景色刻画得如此美妙,竟连凤皇都为之而来。诗歌成功地诠释了山雾中不可言说的景色,令众人欲欲而试,想要身临其境一探究竟。这也是饶公诗歌的魅力所在:为景色增光增彩。

　　简译:远近楼台隐于云雾之中,花草树木之绿簇拥四方。莫向荆浩关仝索要画本,此山之中凤皇静默飞来。

雲霧閣隐樓靠雲竹樹青青簇的隈休向荊開搜尋山不諱息飛來鳳凰山霧中湧現

甲午遂生

流浮山①即事

渡海端携秀句来，征车②朗月晚同回。
归云③拥树还相伴，扑面飞鸥莫浪猜④。

注释：

①流浮山：位于香港新界元朗区西北后海湾畔。其南面的白泥海滩，是观赏夕阳晚景的理想地方。在其北面海边的尖鼻咀，可眺望对岸的深圳和蛇口。该处咸淡水交汇，盛产蚝（牡蛎），养蚝业兴旺，是品尝鲜蚝和活鱼的好去处，其特色吸引了众多中外游客，并与鲤鱼门齐名。
②征车：远行人乘的车。唐·韩愈《送侯参谋赴河中幕》诗："别袖拂洛水，征车转崤陵。"
③归云：犹行云。《汉书·礼乐志》："流星陨，感惟风，籋归云，抚怀心。"
④浪猜：胡乱猜测。明·刘基《蒋山寺十月桃花》："残蜂剩蝶相逢浅，黄菊芙蓉莫浪猜。"

浅解：

此诗描绘了流浮山的天然淳朴的夜景，征车、朗月、归云、树、飞鸥等意象无不激发着饶公的诗兴，诗歌便信手拈来。

简译：跨越海峡携佳句到此处，朗月照空夜晚乘车而归。树梢云朵飘动相伴左右，飞翔海鸥扑面莫要乱猜。

瓯脱①天令限海山，一旗高揭②白云间。
横流沧海兹应尽，乍见遥山亦解颜③。

注释：

①瓯脱：边地；边境荒地。温州东瓯王庙石刻古联："画野分疆，瓯脱江山开辟早。务农兴业，海隅民物阜康初。"宋·陆游《送霍监丞出守盱眙》

诗："空闻瓯脱嘶胡马，不见浮屠插霁烟。"
②高揭：高竿。唐·袁郊《甘泽谣·红线传》："既出魏城西门，将行二百里，见铜台高揭，而漳水东注。"
③解颜：开颜欢笑。《列子·黄帝》："自吾之事夫子友若人也……五年之后心庚念是非，口庚言利害。夫子始一解颜而笑。"

浅解：

　　流浮山境，地处边远。视野开阔，天涯尽望，竟可以让人心胸豁然开朗，开颜欢笑。

　　简译：边远荒地天设险峰大海，一旗高竿而入白云之间。沧海横流到此应是尽头，突然瞧见遥山令人欢笑。

　　　　柔栌^①无声合断肠，居人更似路人忙。
　　　　秋风留客殷勤甚，擘蟹椎蚝试一场。

注释：

①柔栌：指船桨。

浅解：

　　此诗描绘了流浮山渔村的人情风俗，船桨划水无声如同暗断肠，"居人"更比"路人"忙，体现了当地渔民辛勤劳作的品性，"擘蟹椎蚝试一场"更将当地的美食文化表现得一览无遗，调足人们的胃口。

　　简译：船桨划水如同断肠之情，居人更比奔途之人忙碌。秋风留人已经献足殷勤，抓蟹撬蚝在此饱餐一顿。

雁

水国蜗城①稻米肥，失群饥雁尽南飞。
逃愁万里真无地，更下平沙②绕一围。

注释：

①蜗城：喻窄小的村落。
②平沙：《平沙落雁》是一首古琴曲，有多种琴谱传谱，其意在借鸿雁之远志，写逸士之心胸。

浅解：

　　此诗借离群之雁喻有远志但仍旧实现不了梦想的贤才逸士，蜗居于与自己身份不符合的小地方，苦中作乐，体现了逸士豁达的心胸，诗中亦是饶公自身的写照。

　　简译：水乡中小村落稻田肥沃，离群饥饿之雁尽往南飞。万里逃避愁苦找不到地，姑且飞下平沙环绕一圈。

题敦煌琵琶谱①二绝

波碟②奇胲③豁两眸,乐星残谱④认伊州⑤。
玉田⑥难觅知音寡,辜负当年菊部头⑦。

注释:

①敦煌琵琶谱:1900年在中国敦煌石窟藏经洞发现的一卷经的背面用古代谱字记写的一批乐曲。据推断抄写于五代后唐时期,为研究唐、五代音乐的重要文献之一。按照卷子谱上的分段标题,全谱计有25首乐曲,曲名分别为《品弄》《口弄》《倾杯乐》《急曲子》《长沙女引》等。二十五首乐曲因抄写人笔迹不同分为三群,其中1至10首为第一群,11至20首为第二群,21至25首为第三群。

②波碟:借指书写。清·昭梿《啸亭杂录·卷二·成王书法》:"〔成亲王〕善书法,幼时握笔,即波碟成文。"此指谱写音乐的曲谱。

③奇胲:《汉书·艺文志》收录书目有《五音奇胲用兵》二十三卷。颜师古注引许慎云:"胲,军中约也。"后因以"奇胲"指兵略。此指乐谱中音律的变化。

④乐星残谱:即指敦煌乐谱。

⑤伊州:敦煌琵琶谱的曲目。我国古代盛名卓著的《伊州》乐舞,是唐中叶时期由河西、陇石两镇节度使盖嘉运进献给长安朝廷的。由于伊州古属凉州府管辖,所以被列入宫廷十部乐西凉乐部中。宋·王灼《碧鸡漫志》云:"《凉州》、《甘州》、《伊州》,西凉乐也。"《伊州》进入长安后,受到了中原人民和各届人士的喜爱,得到了广泛的流传。但经唐末及五代的战乱,这一优秀乐舞艺术没有保留至今。令人欣慰的是,在今甘肃敦煌石窟资料中,保存着唐乐谱二十五首,其中有两首为《伊州》和《又慢曲子伊州》。

⑥玉田:张炎(1248—?),字叔夏,号玉田,又号乐笑翁。祖籍凤翔,寓居临安(今浙江杭州)。南宋著名的格律派词人,精通音律。

⑦菊部头:宋高宗时宫中伶人有菊夫人者,人称"菊部头"。宋·周密《齐东野语·菊花新曲破》:"思陵朝,掖庭有菊夫人者,善歌舞,妙音律,为仙韶院之冠,宫中号为'菊部头'。"元宋无《宫词》诗:"高皇尚爱梨园

舞，宣索当年菊部头。"后因以"菊部"为戏班或戏曲界的泛称。

浅解：

　　此诗是饶公对敦煌曲谱重现世人的面前表现出由衷的喜悦，同时以张炎、菊夫人无法亲自目睹表示惋惜，也从侧面体现出诗人自己能亲自目睹敦煌曲谱的荣幸之情。

　　简译：波碟变化让人眼前一亮，敦煌残谱重现《伊州》曲目。可怜张炎在世无法觅得，也让菊夫人的希望落空。

清绝五弦①岛国哀，天平②一纸发沉薶③。
凭谁为唱倾杯乐④，还逐尊前水鼓⑤来。

注释：

① 五弦：古代乐器名。《韩非子·外储说左上》："昔者舜鼓五弦，歌《南风》之诗而天下治。"
② 天平：在琵琶谱中现存于日本最古的乐谱，现藏于正仓院的续修三十七贴古文书，这是一份写经料纸纳受帐背面的断简六行谱字，被称为《天平琵琶谱》。该书的日期记载为天平十九年（747年）七月二十七日。
③ 沉薶：沉埋，埋没。
④ 倾杯乐：见《词律·卷二十三》记载，"《乐府杂录》云：《倾杯乐》，宣宗喜吹芦管，自制此曲。见《宋史·乐志》者，二十七宫调，柳永《乐章集》注宫调七。一名《古倾杯》，亦名《倾杯》。"根据钦定词谱注，唐教坊曲《倾杯乐》调名本于《倾杯令》。
⑤ 水鼓：水鼓，病名。多因饮酒过量，损伤脾胃，水湿停聚所致。明·张景岳《景岳全书·杂证谟》："少年嗜酒无节，多成水鼓。"

浅解：

　　此诗阐述日本发现的《天平琵琶谱》弦乐的"清绝"，竟可令举国上下产生哀思，以至于饶公迫切想要知道：如今谁能再次奏起此等雅乐，驱逐我们身心的忧愁呢？

　　简译：清绝的弦乐令岛国哀思，天平乐谱沉寂之中发揭。谁能为我们唱起《倾杯乐》，并驱逐尊前恼火的水鼓。

僧道骞楚辞音残卷①

楚声自昔祖骞音，汜宋②遗徽久陆沈③。同调惟应陈安道④，沈湘⑤憔悴伯牙琴⑥。

注释：

①僧道骞楚辞音残卷：隋·释道骞撰《楚辞》研究著作。敦煌旧钞，残卷。仅存84行，起"驷玉虬以乘鹥兮"迄"杂瑶象以为车"，共释《离骚》经文188字，注文96字，共284字。楮白纸，现藏法国巴黎图书馆。
②汜宋：汜，古河名，又称汜水，在中国今河南省。汜宋，即河南地区。
③陆沈：比喻埋没，不为人知。唐·王维《送从弟蕃游淮南》诗："高义难自隐，明时宁陆沉。"
④陈安道：陈瑚（1613—1675），明末清初学者，与同里陆世仪、江士韶、盛敬齐名，被人合称为"太仓四先生"。康熙十四年卒，年六十有二。门人私谥"安道先生"。巡抚汤斌即其故居为之立安道书院。陈瑚少时与陆世仪等交，论学相辩驳，贯通五经，务为实学。
⑤沈湘：亦作"沉湘"。原指屈原沉入湘江支流汨罗江自尽。后指贤者不为浊世所容，愤而自戕。
⑥伯牙琴：伯牙琴，喻指能奏出妙曲的琴。相传伯牙操琴，琴声高妙，唯钟子期知音。子期死，知音难觅，伯牙遂破琴绝弦，终身不复鼓琴。见《吕氏春秋·孝行览·本味》。后因以"伯牙琴"用为痛悼知音惜其难遇之典。

浅解：

隋·释道骞撰《楚辞》研究著作《楚辞音》，影响深远然终被埋没，饶公对此甚为惋惜，并由衷感叹知音难觅、伯乐难遇之无奈与无力。

简译：楚地留声自昔日道骞始，黄河流域遗徽久被埋没。与之媲美唯陈安道之才，贤者痛悼知音惜其难遇。

吉光照眼动湘灵①，啼鴂②先秋涕自零。
故训③于今多纬繻④，驷虬⑤容我叩冥冥⑥。

注释：

①湘灵：古代传说中的湘水之神。《楚辞·远游》："使湘灵鼓瑟兮，令海若舞冯夷。"
②啼鴂：即杜鹃。
③故训：古训。先代留下的法则。《诗·大雅·烝民》"古训是式，威仪是力。"
④纬繣：乖戾，相异不合。《楚辞·离骚》："纷總總其离合兮，忽纬繣其难迁。"
⑤驷虬：驷，四匹马拉的车，在这里作为动词，乘坐。虬，传说中的一种无角的龙。驷虬，即驾着龙车。
⑥冥冥：自然界的幽暗深远。

浅解：

《楚辞音》开启了《楚辞》研究的先河，然而古训深奥难懂，与今天各类研究有所出入，饶公愿意深入研究，发掘蕴含其中的学术价值。

简译：吉光普照惊动湘水之神，秋至杜鹃啼鸣涕泪零落。古训于今天多相异不合，驾驭龙车容我探问玄冥。

敦煌卷尾每有写经生题记①

墨迹依稀字似蝇，蜀江鱼子剡溪藤②。
何期折柱扬灰③日，更见奇书出羽陵④。

注释：

①敦煌卷尾每有写经生题记：题记反映了各个时期敦煌的社会历史背景、民众生活及信仰心态等方面的内容，对研究中国佛教在民间的传播、发展，以及佛教社会化的历史进程有一定的价值意义。
②剡溪藤：指用剡藤所造的纸。清·赵翼《瓯北诗话·诗人佳句》引明僧诗："寄将一幅剡溪藤，江面青山画几层。"
③折柱扬灰：指辞世。
④羽陵：古地名。《穆天子传》卷五："仲秋甲戌，天子东游，次于雀梁，蠹书于羽陵。"郭璞注："谓暴书中蠹虫，因云蠹书也。"后以"羽陵"为贮藏古代秘籍之处。

浅解：

此诗对敦煌卷尾写经生题记的书法作了评价——蝇头小楽，墨迹清晰，剡溪藤造的上等纸张更突显其价值。在有生之年能够亲目目睹这久未面世的奇书，令饶公甚为欣喜。

简译：墨迹依稀可辨字似蝇头，蜀江鱼子剡溪藤造的纸。那曾期盼在我辞世之前，能看见藏于密处的奇书。

写经无酒笔头干，万轴摩挲①废寝餐。
不及晁陈②徐讨论，古悲枨触③涕汍澜④。

注释：

①摩挲：琢磨。元·汤式《一枝花·劝妓女从良》套曲："试点检莺花簿，

细摩挲烟月文。"
②晁陈：晁公武，南宋著名目录学家、藏书家，字子止，人称"昭德先生"，宋朝钜野（今山东巨野县）人，晁冲之之子，著有《郡斋读书志》二十卷；陈振孙，南宋藏书家、目录学家，浙江安吉人，字伯玉，号直斋，著有《直斋书录解题》五十六卷。
③怅触：感触。唐·李商隐《戏题枢言草阁三十二韵》："君时卧怅触，劝客白玉杯。"
④汍澜：泪疾流貌。《隶释·汉金乡长侯成碑》："号泣发哀，泣涕汍兰。"

浅解：

　　此诗饶公模仿写经人抄写题记时的心情进行阐述，写经而无酒的日子枯燥无味，但因为深爱之，总令人废寝忘食，虽然不如晁公武、陈振孙二公多年反复讨论深究，读之却总能感触而涕零。

　　简译：无酒抄经笔头亦是枯燥，琢磨万卷令人废寝忘食。虽然比不上晁陈反复讨论，千古悲情令人感触涕零。

罗子期以手摹楚简见贶报之以诗

残赗千年不化烟,更能留命待桑田。
天教疏凿①词源手,为补秦官《博学篇》②。

注释:

①疏凿:开凿。唐·皇甫冉《杂言无锡惠山寺流泉歌》:"任疏凿兮与汲引,若有意兮山中人。"
②《博学篇》:字书。秦太史令胡毋敬作,为幼童习字的课本。

浅解:

字书小篆千百年仍然影响深远,饶公友子期手摹楚简,诗中提到《博学篇》为先秦篆书范本,将友人书法与其对比,从侧面展现了友人书法的造诣以及饶公对其书法的赞赏和认可。

简译:残简千年不曾化为烟缕,更能长年流传以待桑田。上天创造你等书写能手,是为了续写秦朝《博学篇》。

香魂会有吊书客①,彩笔当年闻醴陵②。
不逐花虫随粉蠹③,荆榛寒雨汗仍青④。

注释:

①香魂会有吊书客:化用唐·李贺《秋来》诗:"思牵今夜肠应直,雨冷香魂吊书客。"一位古代诗人的"香魂"前来吊问我这个"书客"来了。
②醴陵:醴陵市是湖南省县级市,由株洲市代管,古楚地。
③粉蠹:粉蛀虫。
④汗仍青:即"汗青"。古时在竹简上记事,先以火烤青竹,使水分如汗渗出,便于书写,并免虫蛀,故称。宋·朱熹《答严时亭书》:"当时若得时亭诸友在近相助,当亦汗青有期也。"

浅解：

　　真正好的品质、事物，自然有人欣赏。当年闻名的竹简书法如今仍旧受人追捧，也让子期等能士能够甘于寂寞，埋头竹简奋力摹写，不与花草虫鸟为伍，而追随"蚛虫"（代指竹简），从中体现了竹简的魅力以及饶公好友子期对书法热忱的追求和坚持不懈的精神。

　　简译： "香魂"会有书客前来凭吊，美好佳作当年醴陵闻名。不追花虫而随竹简蚛虫，历经荆榛寒雨汗仍然青。

楚宫[①]万古杂然疑，翠墨行行势最奇。
今日寒蝉昨夜鹊，秋坟共唱鲍家诗[②]。

注释：

[①] 楚宫：见《寰宇记》所载："楚宫在巫山县北二百步，在阳台古城内，即襄王所游之地。"唐·杜甫《咏怀古迹·其二》中"最是楚宫俱泯灭，舟人指点到今疑"之楚宫亦指此。

[②] 秋坟共唱鲍家诗：此诗化用唐·李贺《秋来》诗"秋坟鬼唱鲍家诗"，仿佛隐隐约约听到秋坟中的鬼魂，在唱着鲍照当年抒发"长恨"之诗。

浅解：

　　由古篆书联想到当年楚地的历史，在感叹历史的兴衰同时，表现饶公以及友人抑郁未伸的情怀。当今知音难觅，只能在阴冥世界、古今才人之中寻求同调，感情十分悲凉。

　　简译： 千古以来楚地神秘莫测，唯有书法翠墨最为称奇。今日寒蝉昨日夜鹊凄鸣，秋坟共唱鲍照长恨之诗。

题听雨楼杂笔为高伯雨①六首

末世同为膏火②煎，无锥可立③但青毡④。
丝窠露缀⑤曾何益，须悔当年学草玄⑥。

注释：

①高伯雨：原名秉荫，又名贞白，笔名有林熙、秦仲龢、温大雅等二十五个之多。广东澄海人，民国时香港著名学者、散文家。曾留学英国，主修英国文学。返国后，在上海工作。抗日战争期间回港，以谙于掌故驰誉香港文坛。1957年《听雨龛杂笔》由创垦出版社出版，所记多属政坛及文坛掌故。

②膏火：灯火（膏，灯油）。比喻夜间工作的费用（多指求学的费用）。

③无锥可立：立锥，插立锥尖，形容地方极小。《汉书·卷九十九·王莽传中》："强者规田以千数，弱者曾无立锥之居。"

④青毡：指家传的故物。比喻珍贵之物。东晋时期，大书法家王献之有一天夜晚睡在书房，恰好有小偷潜入书房，大肆把书房内值钱的东西装了起来，当贼人偷一块旧毡子时，王献之慢缓地说："偷儿，青毡是我家旧物，请把它留下。"后遂以"旧物青毡"等指家传的故物。比喻珍貴之物。亦省作"青毡"。

⑤丝窠露缀：丝窠，蜘蛛网；露缀，沾着露水、霜。宋·黄庭坚《戏呈孔毅父》诗："文章功用不经世，何异丝窠缀露珠。"

⑥草玄：指汉扬雄作《太玄》。后因以"草玄"谓淡于势利，潜心著述。

浅解：

饶公题高伯雨《听雨龛杂笔》，表达了对知音生生相惜之情。诗的一开始写自己很穷，然后又说自己所作文章也不能经世致用，那是什么能够驱使饶公还如此潜心著述的？当然是那颗为了守着"青毡"的本心所向往。

简译：末世同在夜间奔波而作，无立锥地但能保持本性。文章如蛛丝露水有何义，应后悔当年学扬雄著述。

雨中烟樹懷南村 筆法君家少本源 奔筆辰 絕似哀湍 瀟瀟飛雨 隔江繁 起射雨樓耕 甲午 選堂

入简星荧故不光，窥人残蠹①阅沧桑。
蟠胸②五十年来事，剩与河桥说辩亡。

注释：

①残蠹：被虫蛀坏的书。泛指破旧书籍。
②蟠胸：满腹。

浅解：

高伯雨对晚清及民国史事掌故非常熟悉，阅读其作品，在感受到他的情怀的同时也能体验到那段沧桑的历史。本诗结尾亦感叹，这位满腹经纶的人，难以寻觅到知音，只能和山河诉说。

简译：在星辉余光下阅读著述，窥探旧人书籍体验沧桑。心中罗列五十年来之事，剩与山河桥梁辩说衰亡。

雨中烟树忆南村①，笔法君家有本源。
绝似哀湍②奔笔底③，潇潇飞雨隔江繁。

注释：

①南村：南方，代指南来文人。
②哀湍：指山间发出凄切声音流得很快的溪流。
③笔底：犹笔下。唐·刘禹锡《答乐天见忆》诗："笔底心无毒，杯前胆不豗。"

浅解：

高伯雨的联话和谈文物的随笔，善于挖掘对联背后的掌故和文物背后的故事，饶公对此大加赞赏，认为其笔法自有本源，写得非常出色。

简译：雨中烟树追忆南来文人，写作手法自有本源可溯。笔下卓绝如同湍流奔出，飞雨在江对岸纷纷落下。

人间凄断雍门琴①，谁识清言②画里心。
白眼③看人浑欲老，一编苦道去来今。

注释：

① 雍门琴：雍门鼓琴，是一个典故，也指一种曲词。
② 清言：高雅的言论。晋·陶潜《咏二疏》："问金终寄心，清言晓未悟。"
③ 白眼：露出眼白，表示鄙薄或厌恶。《晋书·阮籍传》："籍又能为青白眼，见礼俗之士，以白眼对之。"

浅解：

高伯雨"白眼看人"几十载，所编撰的"清言"，为其呕心沥血之作，让人领略到古今衰亡所带来的人世之苦与无奈。

简译：人间凄惨断肠雍门鼓琴，谁识得文章画里之用心。冷眼面对世人身已渐老，煞费心机编书述说古今。

卮言①曼衍②我思存，姓氏秋磷安足论③。
裘马④京华余冷炙⑤，却惭⑥珠履⑦跋侯门⑧。

注释：

① 卮言：用以谦称自己的著作。明·沈璟《义侠记·恩荣》："人生忠孝和贞信，圣世还须不弃人。卮言似假，千秋万载垂正论。"
② 曼衍：散漫流衍；延伸变化。
③ 姓氏秋磷安足论：清·龚自珍的《己亥杂诗》中写道"荒村有客抱虫鱼，万一谈经引到渠。终胜秋磷亡姓氏，沙涡门外五尚书"。"荒村"句是指荒村有人考订琐屑的"虫鱼之学"，那些做这考据的人希望有朝一日别人研究古籍的时候谈到他（渠）。"终胜"两句是指这样考据总好过一点东西也没有遗留下，像沙涡门外埋藏那王尚书那样。李贺短短的一生，是郁郁不得志的，在长安做了三年小吏，后来辞官东归洛阳昌谷故里，终于积愤以殁。可是他的诗歌，却是唐诗中的瑰宝。

④裘马：轻裘肥马，形容生活豪华。《论语注疏·雍也》："子曰：'赤之适齐也，乘肥马，衣轻裘，吾闻之也。君子周急不继富。'"
⑤冷炙：已凉的饭菜；剩余的饭菜。北齐·颜之推《颜氏家训·杂艺》："今世曲解，虽变于古，犹足以畅神情也。唯不可令有称誉，见役勋贵，处之下坐，以取残杯冷炙之辱。"
⑥慙：同"惭"。
⑦珠履：以珠饰之履代指有谋略的门客。元·吴西逸《梧叶儿·京城访友》曲："尘土东华梦，簪缨上苑春，趿履谒侯门。"
⑧侯门：诸侯之门。

浅解：

饶公借助此诗表达一个观点：世俗往往根深蒂固，却依旧经不起时间的考验，无论是何等出身，只要有志向有能力，都能在这个社会上找到属于自己发展的平台，得到应有的尊重和认可。

简译：卮言流衍令我思绪飘零，秋磷有无姓氏不足讨论。繁华京都愿吃剩余饭菜，将会冷歇，也羞于入富贵家当清客。

遗事聊追越缦书①，一时蓁辙②费爬梳。
漫同窥日牖中趣③，沾溉④风流也起予⑤。

注释：

①越缦书：《越缦堂日记》是清代文史学家李慈铭著作，日记共包括《甲寅日记》、《越缦堂日记乙集——壬集》、《孟学斋日记》、《受礼庐日记》、《祥琴室日记》、《息荼庵日记》、《桃花圣解庵日记》、《荀学斋日记》、《荀学斋日记后集》九部分。洋洋数百万言，不仅记载了清咸丰到光绪四十年间的朝野见闻、朋踪聚散、人物评述、古物考据、书画鉴赏、山川游历及各地风俗，足资后世学者参考，同时书中也记录了他的大量读书札记，"略如四库全书提要之例，而详赡过之"，学术价值极高。
②蓁辙：足迹和车轮辗过的痕迹，比喻前辈的遗泽。清·龚自珍《己亥杂诗》之十："百年蓁辙低回遍，忍作空桑三宿看？"
③窥日牖中趣：比喻见识不广。南朝·宋·刘义庆《世说新语·文学》："北

人看书如显处视月,南人学问如牖中窥日。"

④沾溉:比喻使人受益。《金史·完颜涛传》:"上慰之曰:'南渡后,国家比承平时有何奉养,然叔父亦未尝沾溉。无事则置之冷地,无所顾藉,缓急则置于不测,叔父尽忠固可,天下其谓朕何?叔父休矣。'"

⑤起予:见《论语·八佾》写道:"子曰:'起予者,商也,始可与言《诗》已矣。'"何晏·集解引包咸曰:"孔子言子夏能发明我意,可与共言《诗》。"后因用为启发自己之意。

浅解:

此诗对高伯雨之书直追李慈铭著作表示钦佩,前辈的遗泽使后人受益,并能让自己受到启发,非常珍贵。

简译:留下的著作直追越缦书,追随前辈遗泽费人心力。我见识不广如牖中窥日,亦能从中得到启发受益。

展董彦老墓次声步韵义山故驿吊桂府之作

溪山如梦鸟空啼,历乱霜蒵①逐水泥。
此际洹南②端可念,断肠新冢日沉西。

注释:

①霜蒵:着了霜的红蓼。蒵,即"茈",草本红蓼的别称。
②洹南:洹水以南。

浅解:

  此诗为缅怀凭吊之诗。诗中由景及情,由悲境转而描写对桂府离世的惋惜与痛苦之情。
  简译:山水如同梦境飞鸟空啼,红蓼历经霜寒水泥侵袭。在此极南之地缅怀思念,夕阳之下新冢令人断肠。

京都僧俗①秋祭焚山祈禠禳灾②，与清水茂大地原两教授登高同观

风吹野火山林间，妙法相传不等闲。
生世有谁空四大③，但看残烧满秋山。
（火中现四大及妙法等字。）

注释：

① 僧俗：僧徒与一般人。宋·苏轼《东坡志林·记游庐山》："已而见山中僧俗，皆云：'苏子瞻来矣！'"
② 祈禠禳灾：求福。汉·张衡《东京赋》："祈禠禳灾。"
③ 四大：四大原是古印度用以分析和认识物质世界的传统说法，佛教加以改造。但古印度佛教以外的各学派，对四大的解释各有不同。顺世派对于物质世界不论能造所造，都说是四大，并认为是常住不变的。胜论派认为四大属于实句义（实体范畴），是常与无常。数论派认为，地水火风既是所造也是能造，说四大是色、声、香、味、触五尘（五唯，即五种细微元素）所造。佛教各派对四大也有不同的见解。

浅解：

饶公从秋祭焚山的佛事感叹人生的无常，能够做到四大皆空实属不易，妙法的传延只能由人自己感悟。

简译：山林之中野火随风蔓延，妙法火中相传实不寻常。人世中谁能够四大皆空，且看晚霞已烂然满秋山。

东京东洋文化研究所插架有明代诗人小传钞本六卷，向不知谁何之作。书中起谢山人榛①，终范阁学景文②，盖牧斋③列朝诗集初稿残帙也。末有雍正癸卯李穆堂④七古，首句云："夫人柳氏女中侠，玉池文采双鸳鸯。"指柳如是⑤事。漫题短句，以志眼福

    文采先朝靡子遗⑥，新蒲细柳意何疑。
    绛云⑦余烬都零落⑧，珍重芸窗⑨六卷诗。
（牧斋师大埔僧道忞，见《布水台集》序。其次列朝诗，殆亦《新蒲绿》一书之意也。）

注释：

①谢山人榛：谢榛（1495—1575），明代布衣诗人。字茂秦，号四溟山人、脱屣山人，山东临清人。

②范阁学景文：范景文（1587—1644），明末殉节官员。字梦章，一字质公，号思仁，河间府吴桥（今属河北）人。万历四十一年进士。历官东昌府推官、吏部文选郎中、工部尚书兼东阁大学士，明亡自杀，著有《大臣谱》、《战守全书》等。

③牧斋：钱谦益（1582—1664），字受之，号牧斋，晚号蒙叟、东涧老人。学者称虞山先生。清初诗坛的盟主之一。

④李穆堂：李绂，字巨来，别号穆堂，清江西临川人。康熙十二年（1673年）生，乾隆十五年（1750年）卒。著有《穆堂类稿》、《续稿》、《别稿》、《春秋一是》、《阳明学录》等传于世。

⑤柳如是：女诗人，秦淮八艳之一，一说浙江嘉兴人，一说江苏苏州吴江区人。本名杨爱，后改名柳隐，字如是，又称河东君，丈夫为明代侍郎钱谦益，因读宋朝辛弃疾《贺新郎》中："我见青山多妩媚，料青山见我应如是"，故自号如是。柳如是是活动于明清易代之际的著名歌妓才女，幼即聪慧好学，但由于家贫，从小就被掠卖到吴江为婢，妙龄时坠入章台，易名柳隐，在乱世风尘中往来于江浙与金陵之间。她留下了不少值得传颂的轶事佳话和颇有文采的诗稿《湖上草》、《戊寅草》与尺牍。其墓在江苏常

熟虞山花园浜。
⑥子遗：遭受兵灾等大变故多数人死亡后遗留下的少数事物和人。
⑦绛云：红色的云。
⑧零落：见周颐《蕙风词话》卷三写道："《水调歌头》当是遗山少作。晚岁鼎镬余生，栖迟虀落，兴会何能飚举。"
⑨芸窗：指书斋。明·高濂《玉簪记·命试》："绛桃春暖鱼龙变，向芸窗志绝韦编，功名一字总由天。"

浅解：

饶公在东京东洋文化研究所发现的明代诗人小传钞本六卷，对于遭受兵灾等大变故能够留下此等瑰宝倍感安慰和惊喜。

简译： 历经劫难遗留下来之文，新蒲细柳不知何人之作。天空祥云已经凋零而落，钞本六卷显得弥足珍贵。

中秋前一夕洪煨莲①丈招饮康桥别业

圆月高时叶始黄,白头酒兴尚清狂③。
初来林馆讴吟④地,共听秋声说故乡。

注释:

①洪煨莲:生卒1893年,卒于1980年,原名业,字鹿岑,谱名正继,号煨莲,英文学名William。福建侯官(今闽侯)人。著名历史学家。
②清狂:放逸不羁。
③讴吟:歌咏;有节奏地诵读。

浅解:

友人相邀别业小聚,秋夜圆月高挂,以酒、诗会友,思念往事与故乡,即使萌发思念悲情,亦是乐事。

简译:圆月高挂秋叶开始泛黄,白头老翁酒兴依旧清狂。初来康桥别业吟咏之地,一同领略秋声细说故乡。

哈佛图书馆裘开明①教授出示宋元佳椠②因题

万劫③辛勤聚此堂,宋庵④犹有十三王。
残编遥出东宫⑤日,异地同传楮墨⑥香。
(《汉书·景十三王传》,袁克文旧藏。)

注释:

①裘开明:图书馆学家(1898—1977),美籍华人。
②佳椠:古代以木削成用作书写的版片。
③万劫:万世。
④宋庵:即袁克文(1889年—1931年),字豹岑,又字抱存、抱公,号寒云,又署龟庵,河南项城人,素有民国时期"天津青帮帮主"之称,号称"南有杜月笙、黄金荣,北有津北帮主袁寒云"昆曲名票,民国四公子之一。
⑤东宫:太子所居之地称"东宫",或"青宫"、"春宫"等。《诗·卫风·硕人》以东宫指太子,后世沿用,故太子系列的官属称东宫官或宫臣。此处指中国藏地。
⑥楮墨:纸与墨。借指诗文或书画。唐·刘知几《史通·暗惑》:"无礼如彼,至性如此,猖狂生态,正复跃见楮墨间。"

浅解:

哈佛图书馆藏宋元的版书,这些经历朝代更替、战火纷争辗转来到此处的旧时藏书终可以得到安全保护,让饶公感到欣慰。

简译:万世辛勤文物汇聚此地,袁克文旧藏有十三王传。旧时残编远从东宫转出,异乡得以传承诗文雅风。

东维①题记久讹传,廉石②新藏竟不全。
能省误书③良一适,况从山水会心源④。
(元本《图绘宝鉴》孙季逑所见者,尚缺杨维桢一序,津逮本有序矣，而舛误竟至三处。)

注释：

① 东维：杨维祯（1296－1370），浙江绍兴人，字廉夫，号东维子、铁笛道人。
② 廉石：胡尔荣，清藏书家。字豫波，号蕉窗，又号廉石。胡启龙孙，浙江海宁人。监生，工于诗文。家资富裕，藏书富于一时。聚书至十万卷，其他如字画、钟鼎之类，间亦收藏。所藏书可与马思赞"道古楼"、陈氏"向山阁"、吴氏"拜经楼"先后辉映一时。
③ 误书：文字上有错误的书籍；误字。《北齐书·邢邵传》："有书甚多，而不甚雠校。见人校书，常笑曰：'何愚之甚，天下书至死读不可遍，焉能始复校此。且误书思之，更是一适。'"
④ 心源：犹心性。佛教视心为万法之源，故称。唐·元稹《度门寺》诗："心源虽了了，尘世苦憧憧。"

浅解：

饶公从宋元佳椠发现往日了解的知识中存在错误，他庆幸错误能够及时得到改正，眼前豁然开朗。

简译：杨维祯题写序文是误传，胡尔荣的藏书竟然不全。能够了解错误真是幸运，如同山水之中颐养心性。

博览会题所见宋椠

南渡①群贤百卷中，书棚犹盛舞雩②风。
鄱阳③名句娇娆甚，想见吹箫和小红④。

注释：

①南渡：此处指南宋。宋朝靖康南渡，让北宋失去了北部疆土，历史南北宋由此划分。
②雩风：舞雩是台名，是鲁国求雨的坛，在现在曲阜县东。《南齐书志第一·礼上》载"建武二年旱，有司议雩祭依明堂"。《周礼·春官·司巫》中记载"若国大旱，则帅巫而舞雩"。
③鄱阳：姜夔（1154—1221），字尧章，号白石道人，汉族，饶州鄱阳（今江西省鄱阳县）人。南宋文学家、音乐家。
④想见吹箫和小红：见姜夔诗《过垂虹》"小红低唱我吹箫"。

浅解：

饶公有幸在博览会见到"南宋群贤小集"，百卷书籍无不彰显着中国古朴的祈雨舞蹈民风，令他想起了姜夔当年"小红低唱我吹箫"的名句。从引用诗歌风格轻快的格调也可以看出饶公心情的愉悦轻快。

简译：南宋群贤百卷集子之中，书柜彰显祈雨舞蹈民风。姜夔名句甚为娇娆妩媚，让人想起了吹箫和小红。

欧九①遗文见细镌，宣和②旧事已云烟。
眼明万里逢珍笈，一度摩挲③一黯然④。
（宋刊《五代史记》及《宣和遗事新编》。）

注释：

①欧九：即欧阳修（1007—1072），字永叔，号醉翁，晚号六一居士，吉州

庐陵（今属江西省吉安市）人。因他排行第九，故又称欧九。

②宣和：宣和是宋徽宗的最后一个年号。《宣和遗事》大概讲述北宋衰亡和高宗南渡的过程，一直写到宋高宗定都临安为止，重点讲述了宋徽宗荒淫失政、金兵入侵致使生灵涂炭的故事。

③摩挲：用手抚摩，表示珍惜。

④黯然：心情沮丧。

浅解：

饶公看到异乡境内收藏着祖国先贤的文章，回想起纷纷争争的历史以及眼前的书籍，不知是该欢喜还是该忧愁。

简译：欧阳修的遗文精雕细镂，宣和旧事如云烟已过去。视野远及万里喜逢珍笈，反复抚摩心情非常复杂。

初见楚缯书①于纽约戴氏②家

十载爬梳③意自遐,惊看宝绘在天涯。
祝融④犹喜行间见,待起龙门⑤问世家。

注释:

①楚缯书:楚缯书是长沙子弹库楚墓出土的缯书,是我国最早用毛笔与彩墨书画的珍贵图书资料。
②戴氏:戴润斋(1910—1992)。著名收藏家。
③爬梳:谓整治繁乱而使之有条理。唐·韩愈《送郑尚书序》:"蜂屯蚁杂,不可爬梳。"
④祝融:祝融,本名重黎,以火施化,号赤帝,后尊为火神、水火之神、南海神,传为古时三皇五帝五帝之一(有争议),葬衡阳市南岳区。
⑤龙门:指声誉倍增。

浅解:

饶公于纽约戴氏家中喜见湖南出土的楚缯书,尤为激动,对昔日珍贵文物得以保存并沿袭至今感到非常的欢喜,亦希望日后能将之发扬光大。

简译:十年收集整理内心自在,突然发现佳品出现异乡。祝融如果见之亦是欢喜,等待名声在外世代相沿。

一卷居然敌楚辞,渚宫①旧物自无疑。
蓦从玄月萌秋兴,遥想洞庭叶脱时。

注释:

①渚宫:春秋楚国的宫名。故址在今湖北省荆州市荆州区(原江陵县)。《左传·文公十年》:"〔子西〕沿汉溯江,将入郢。王在渚宫,下,见之。"

浅解：

　　饶公此诗进一步强调楚缯书的价值，可与楚辞媲美，宝贵不容置疑，并由之想起故土。如今异乡秋意四起，想必洞庭湖畔树叶已然脱落，勾起饶公的思乡之情。

　　简译：如此一卷竟与楚辞匹敌，楚宫文物令人深信不疑。蓦从玄月发觉秋天来临，遥想洞庭湖畔叶落之时。

波士顿读画三首

千秋日角①帝王家，妙笔阎公②世共夸。
画出阿孽追叔宝③，最怜重唱后庭花④。
（阎立本《历代帝王像》）

注释：

① 日角：喻指帝王。《魏书·尔朱荣传》："仰龙颜而振腕，想日角以叹息。"
② 阎公：阎立本（约601年—673年），中国唐代画家，官至右相，汉族，雍州万年（今陕西省西安临潼县）人，出身贵族。其父阎毗北周时为驸马，因为阎擅长工艺，多巧思，工篆隶书，对绘画、建筑都很擅长，隋文帝和隋炀帝均爱其才艺。入隋后官至朝请大夫、将作少监。兄阎立德亦长书画、工艺及建筑工程。父子三人并以工艺、绘画闻名于世。阎立本代表作品有《步辇图》《历代帝王像》等。
③ 叔宝：陈后主陈叔宝（553—604年），字元秀，南朝陈最后一位皇帝，公元582年—589年在位。在位时大建宫室，生活奢侈，不理朝政，日夜与妃嫔、文臣游宴，制作艳词。隋军南下时，自恃长江天险，不以为然。589年（祯明三年），隋军入建康，陈叔宝被俘，后在洛阳城病死，终年52岁，追赠大将军、长城县公，谥曰炀。
④ 后庭花：典故出自《陈书·列传第一·后主沈皇后》。陈后主编的新曲子《玉树后庭花》，再挑选一千多名长得漂亮的宫女，命令她们学唱。学会后，再分队轮流演唱，用这样的形式来享乐。现通常用此典故比喻历代帝王败国亡家的预兆（先兆），故此曲被喻为"亡国之音"。

浅解：

此诗为题画诗，对阎立本《历代帝王像》中帝王的形象惟妙惟肖说出自己的一番见解："追叔宝"，"最怜重唱后庭花"，不仅人物像及当时，就连历史事迹似乎也跃然纸上，仍然唱响《后庭花》。

简译：千百年来日角帝王之家，阎公妙笔生辉世人皆夸。画出美女直追后主叔宝，可惜重唱的还是后庭花。

> 凫雁①荒陂意自谙，赵家风味在江潭。
> 开图但见秋无际，一片垂杨似汉南②。
> （赵令穰《江村图卷》。）

注释：

①凫雁：野鸭与大雁。有时单指大雁或野鸭。《荀子·富国》："然后飞鸟、凫雁若烟海。"
②汉南：古楚地，此指故乡。

浅解：

　　赵令穰为宋太祖赵匡胤五世孙，工画山水、花果、翎毛，笔致秀丽，此诗对赵令穰江村图卷进行阐述，描绘出一派富有诗意的小景山水，将赵画别具一格的特点展现在我们面前。

　　简译：野鸭大雁荒陂自由自在，赵家画作风趣在于江村。铺开画图但见秋天无际，一片垂杨让人恍在汉南。

> 北狩龙旗①竟不回，六宫粉黛②尽蒿莱。
> 画廊捣练③廉纤④雨，犹带寒砧⑤入梦来。
> （宋徽宗仿《周昉捣练图》。）

注释：

①北狩龙旗：皇帝被掳到北方去的婉词。如宋·王明清《挥麈后录·卷四》写到靖康之变："逮二圣（宋徽宗、钦宗）北狩，彭以无名位，独得留内庭。"
②六宫粉黛：指宫内皇后、妃嫔及宫女。唐·白居易《长恨歌》："回眸一笑百媚生，六宫粉黛无颜色。"
③捣练：捣练意为捣洗煮过的熟绢。
④廉纤：细小，细微，多用以形容微雨。唐·韩愈《晚雨》诗："廉纤晚雨

不能晴，池岸草间蚯蚓鸣。"

⑤寒砧：意为"寒风中的捣衣声"，亦作"寒碪"，指寒秋的捣衣声。

浅解：

　　宋徽宗仿《周昉捣练图》，饶公前阕借图讲述了宋徽宗被掳到北方的历史事实，以及对朝代更迭的无奈，后阕回到画作，对画中捣练之景的刻画生动表示了赞赏，竟似有捣衣声入我梦来。

　　简译：掳到北方竟然无法回来，六宫佳丽如今尽是蒿莱。画中捣练又兼下着微雨，如带寒秋捣衣之声入梦。

题世界博览会印尼馆

二年行迹遍东南,梦醒蕉林月满潭。
何日江乡能寄旅,雨花云鬓拂征骖①。

注释:

①征骖:驾车远行的马,亦指旅人远行的车。唐·王勃《饯韦兵曹》诗:"征骖临野次,别袂惨江垂。"

浅解:

在印尼馆所见所闻,让饶公感慨这几年来羁旅在外的种种无奈与惆怅,每个人都想要个安稳栖息之地,可现实的逼迫让人无法如愿,只能期望远行他乡亦能找到归属感。

简译:两年来行迹已遍及东南,梦醒惊觉蕉林潭水映月。什么时候能找到栖息地,伴着雨花白云羁旅远行。

春社①家家说斗鸡,高林藏寺水侵堤。
有情红袖②纷招手,无意娇花自贴泥。

注释:

①春社:春社是源自中国的传统民俗节日,在商、西周时期,是男女幽会的狂欢节日,而后来则主要用于祭祀土地神。
②红袖:女子的代名词。唐·元稹《遭风》诗:唤上驿亭还酩酊,两行红袖拂尊罍。

浅解:

印尼斗鸡活动非常盛行,在印尼馆的各种展示中,饶公联想到春社时家家斗鸡的民俗,春意盎然,花儿绽放,人亦有情。

简译:春天祭祀家家盛行斗鸡,高林佛寺河水侵入堤坝。女子含情纷纷向人招手,娇花无意独自贴着泥土。

Chrevelan 博物院有长沙出土双凤双蛇巨座，与信阳所出虎座鼓，形制相近

鸾鸟高辛①可受诒②，屈盘③嘘呬④有双螭。
九头雄虺⑤终难问，异代还深宋玉⑥悲。

注释：

① 高辛：高辛即帝喾。帝喾（kù），出生于上古时代的高辛（今河南商丘睢阳区高辛镇），《山海经》等古籍载其名俊，号高辛氏，华夏上古时期一位著名的部落联盟首领。
② 受诒：受礼遗将行。楚·屈原《离骚》："凤皇既受诒兮，恐高辛之先我。"
③ 屈盘：曲折盘绕。晋·左思《吴都赋》："洪桃屈盘，丹桂灌丛。"
④ 嘘呬：即呬嘘，谓道家的吐纳之术。作者为诗韵而将"呬嘘"颠倒为"嘘呬"。
⑤ 雄虺：古代传说中的大毒蛇。《楚辞·招魂》："雄虺九首，往来倏忽，吞人以益其心些。"王逸注："言复有雄虺，一身九头，往来奄忽，常喜吞人魂魄，以益其心，贼害之甚也。"
⑥ 宋玉：又名子渊（约公元前298年—约公元前222年），汉族，东周战国时鄢城（今湖北宜城市）人，楚国辞赋作家，开启悲秋之先风。

浅解：

饶公对 Chrevelan 博物院有长沙出土双凤双蛇巨座倍感意外，并由双凤双蛇联想到当年高辛帝对贤智之士的提拔与重用，对于后世帝王无法礼贤下士表示惋惜，对志士怀才不遇表示同情与无奈。

简译： 高辛赠礼予如鸾鸟之人，曲折盘绕吐纳有双龙蛇。九头雄虺始终难以见得，历经数代仍懂宋玉之悲。

北美匹兹堡（Pittsburgh）见红叶

初见山城绿变殷，绪风①危叶意阑珊②。
折来聊当相思子③，寄与何人仔细看。

注释：

①绪风：馀风。《楚辞·九章·涉江》："乘鄂渚而反顾兮，欸秋冬之绪风。"
②阑珊：凄凉、凄楚、凋零的含义。
③相思子：即红豆。

浅解：

  饶公见山城满山红叶，萌生凄凉之心境，然其能释怀，将红叶折取，当作红豆，寄与他人聊表思念，亦可。
  简译：初次见到山中绿叶变红，微风吹拂落叶其意凄凉。折来红叶当作相思红豆，寄给什么人仔细观看呢。

北美飞东京途中作

梦觉千山又一方,奋飞不用叹迷阳①。
忽从鸦背临朝日,始见峰头是故乡。

注释:

①迷阳:典出《庄子·人间世》所云:"迷阳迷阳,无伤吾行。"陆德明释文引司马彪曰:"迷阳,伏阳也,言诈狂。"后遂以"迷阳"指无所用心,诈狂。

浅解:

饶公思乡心切,在飞机上便已经坐立不安、迫不及待,人生之中,无论处境如何,回家总是让人愉悦。

简译:梦醒惊觉千山又过一方,奋力飞行不用如此佯狂。忽然跃过鸦背飞临朝日,见到峰头便是我的故乡。

琵琶湖①晚兴

天含神雾水如诗,湖草寻常只弄姿。
犹是荻花枫叶地,夕阳无语雁来时。
(《纬书》有《诗纬·含神雾》。)

注释:

①琵琶湖:是日本第一大淡水湖,它与富士山一样被日本人视为日本的象征,被人们亲切地称为"生命之湖"。

浅解:

琵琶湖的美景,让饶公想起了《诗纬·含神雾》中的篇章字句,它同琵琶湖的景象如出一辙,静谧且淡然,有如神助。

简译:天空蕴含神雾湖水如诗,岸边水草只懂搔首弄姿。犹是荻花枫叶栖身之地,夕阳默默西下大雁飞来。

大阪赠林谦三①

　　白发人推万宝常②，琵琶声里换伊凉③。（君译《天平琵琶谱》及《敦煌琵琶谱》为五线谱）此乡处处多红叶，一入秋风有冷香。

注释：

① 林谦三：音乐学家、雕刻家（1899—1976）。主要论著有《隋唐燕乐调研究》《敦煌琵琶谱的解读研究》《明乐八调研究》《东亚乐器考》《正仓院乐器研究》《雅乐（古乐谱的解读）》。
② 万宝常：隋代音乐家，江南人，生卒年份不详。其父大通曾从梁朝部将归附北齐，后图谋逃返江南，事情泄露被杀。宝常亦因株连获罪，配充乐户，成为乐工。
③ 伊凉：曲调名，指《伊州》《凉州》二曲。宋·苏轼《子玉家宴用前韵见寄复答之》诗："自酌金樽劝孟光，更教长笛奏《伊》《凉》。"

浅解：

　　此诗看似写先辈、写景物，实则衬托林谦三的音乐素养，其译天平及敦煌琵琶谱为五线谱，如同古代最有名的音乐家谱写《伊州》、《凉州》一般的成就，让饶公佩服。

　　简译：白发先辈都首推万宝常，琵琶声中奏出《伊州》《凉州》。此乡到处已是枫叶泛红，秋风吹拂送来淡淡香气。

燃林房与水原琴窗论词

簇筱^①深林日欲残,渐霜枫叶不成丹。
何人解道清空^②意,漫剪孤云取次^③看。

注释:

①簇筱:即"丛筱",茂密的小竹林。宋·周密《齐东野语·李全》:"适其处有丛篠,全令二壮士执钩刀夜伏篠中。"
②清空:清空是一种诗词的风格,源出宋·张炎《词源》推尊姜夔词"如野云孤飞,去留无迹","不惟清空,又且骚雅,读之使人神观飞越"。
③取次:随便,任意。晋·葛洪《抱朴子·祛惑》:"此儿当兴卿门宗,四海将受其赐,不但卿家,不可取次也。"

浅解:

饶公在京都燃林房与日本词学家水原琴窗品论"清空"之词,赋成此诗。竹林里日光残照,枫叶红极,竟与词中清空之境吻合,无须赘言。

简译:茂密的竹林里日光残照,枫叶挟带霜气无法成丹。谁人能解此般清空之意,恣意赏略经过裁剪的云。

池田末利①偕游严岛平松公园②

一路青松扑眼帘,浮屠③海角极精严。
禅心④早置崎岖外,碧水遥天净可兼。

注释:

①池田末利:生于 1910 年,卒于 2000 年,1936 毕业于广岛文理科大学,承当时《尚书》学大师加藤常贤之教。1938—1941 年留学北京大学,获得多种清代学者《尚书》学著作稀述本,益坚研究志趣。后曾任教北平中国大学及外国语专科学校,又使自己走上研究甲骨学及中国古代宗教学的道路。

②严岛平松公园:宫岛又称"严岛"。日本广岛县西南部、广岛湾西部的岛屿。日本著名三景之一。平松公园位于岛内。

③浮屠:见《佛学大辞典》中载:"(杂语)亦作浮图、休屠。按浮屠浮图,皆即佛陀之异译。"佛教为佛所创,古人因称佛教徒为浮屠,佛教为浮屠道,后并称佛塔为浮屠。

④禅心:佛教用语,指清空安宁的心,现在世人多用来指领悟佛法之心。

浅解:

饶公与池田末利游园,从景色悟出佛理——无论天地何其险峻多艰,心中一片澄净则无所畏惧。

简译:一路上青松尽收入眼底,海边佛塔是多么的精严。禅心早将崎岖置之度外,碧水遥天相接一片澄净。

过牛田访故友斯波六郎①旧居

遗札②摩挲一怆神③，回黄转绿④正萧晨。
三山双叶（皆附近山名）情如昔，六代⑤征文又几人。
（君为日本选学巨擘。）

注释：

① 斯波六郎：字皆月（1894—1959），日本学者。
② 遗札：前代留下的书籍簿册。清·朱彝尊《沅上舍南还诗以送之》："暇便操土风，先民有遗札。"
③ 怆神：伤心。宋·陆游《夜登千峰榭》诗："危楼插斗山衔月，徙倚长歌一怆神。"
④ 回黄转绿：草木由绿变黄，由黄变绿。谓时序变迁。亦以比喻世事的反复。《古诗源·休洗红》："回黄转绿无定期，世事反复君所知。"
⑤ 六代：原指三国吴、东晋和南朝之宋、齐、梁、陈，此指《文选》。唐·李白《留别金陵诸公》诗："六代更霸王，遗迹见都城。"

浅解：

饶公访旧友故居，看到前代遗留下来的书籍，不禁伤感。诗中表达了对时境变迁、世事反复的无奈，实际上亦体现着对友人辞世的惋惜和悲痛。

简译：摩挲前代遗宝令人伤感，时境变迁又是萧瑟之晨。眼前三山双叶情义如昨，知晓六代选学又有几人。

戴密微①丈座上作兼简吉川教授京都三首

从公真觉十年迟，万古消愁酒一卮③。
初雪乍晴明宿眼，浑如山泽出云时。

注释：

①戴密微：Paul Demiéville（1894—1979），法国汉学家，敦煌学著名学者。
②吉川教授：吉川幸次郎（1904－1980），字善之，号宛亭，日本神户人，语言学家、汉学家。
③一卮：一杯。卮，古代的酒器。

浅解：

饶公在诗中表达了对友人相见恨晚的感叹，并对此次的相聚有美酒美景相伴尤为欢喜。

简译：与公之交真觉相见恨晚，万古消愁唯有借助杯酒。雪后初晴使我眼睛明亮，如同山边云彩飘出之时。

失笑多能待订顽①，（清初释寂镫与八大同时，其名句："多能即是顽。"）会心无境要频删。（唐·皮日休句："好境无处住，好处无境删。"）谢公②自爱超神理③，我道从知山水间。

注释：

①订顽：订正愚顽。宋·张载尝题字于学堂双牖，左书"砭愚"，右书"订顽"。《二程遗书·卷二上》："订顽之言，极纯无杂，秦汉以来学者所未到。"
②谢公：谢灵运（385年－433年），浙江会稽人，东晋将领谢玄之孙，陈郡谢氏士族，著名诗人。
③超神理：谢灵运有诗《从游京口北固应诏诗》："道以神理超。"

浅解：

饶公与友人交游，多以论诗品词为乐，此诗即阐述了谢灵运诗歌的真谛，如何"超神理""从知山水间来"，亦从侧面表现出饶公游赏之地有如诗歌般的美。

简译： 忍不住发笑能够正愚顽，会心的无境之地要祛除。谢公最喜爱超神理之道，我感觉道从山水之间来。

柳州悟处可关禅，协律①幺弦②事渺然。
欲叩南村卢德水③，因风且寄白云笺④。
（明季南村病叟山东卢德水自云于杜诗四十余读，撰有杜诗胥抄。）

注释：

①协律：调和音乐律吕，使之和谐。《汉书·卷五十八公孙弘卜式儿宽传》："协律则李延年，运筹则桑弘羊。"
②幺弦：指琵琶的第四弦，借指琵琶。宋·张先《千秋岁》："莫把幺弦拨，怨极弦能说。"
③卢德水：卢世㴶（1588－1653），字德水，又字紫房，晚称南村病叟。明末清初乡贤、著名学者，德州左卫人。明天启五年（1625年）进士，官至礼部福建道监察御使，对杜甫诗颇有研究。
④云笺：古代一种文体，写给尊贵者的书信。云笺：有云状花纹的纸，后代指信件。

浅解：

杜甫有诗《从人觅小胡孙许寄》，吴曾《漫录》中写道："题是胡孙，而诗以山猿为词，何也？猴虽猿属，性大不同，观柳州《僧王孙文》可见。韩子苍有《小胡孙》诗云：'直疑少陵觅，未解柳州僧。'"因此，究竟杜甫有没有悟出柳州僧之举，往事如今难以辨别，饶公只能笑言要询问对杜甫研究尤为深入的卢德水，看看能否解出自己的困惑。

简译： 柳州顿悟总是与禅相关，调和琴弦音律往事渺茫。想要询问南村的卢德水，风起时且让我寄信予你。

寄 莲 生

二年西望费吟哦①,董老麻皮竟若何。(八大句云:"郭家皴法云头小,董老麻皮树上多")半幅烦君重讨论,林汀芦屋更摩挲。(传董源之《寒林重汀图》,今藏日本芦屋市黑川家。)

注释:

①吟哦:指有节奏地背诵、朗读。

浅解:

饶公用此诗展现董源之画风以及存画之地,诗中对董源的"披麻皴"画法尤为赞赏;结尾期望有机会能够亲自目睹画作,体现了学艺双携的饶公对董源画作的情有独钟。

简译:两年东张西望煞费吟哦,董源麻皮之画如今如何。一幅半幅劳君与我讨论,芦屋市摩挲寒林重汀图。

偶读宋珏①诗句"他日相思如读画",记年时于碧寒家中观比玉题字,远隔千里,因赋短句分寄港中诸画友

来时雨雪半遮云,别后西风怅失群。
剩觉相思如读画,明年秋水②再逢君。

注释:

①宋珏:明代诗人、书画家,字比玉,号荔枝仙、浪道人、国子仙,福建莆田人,国子监生。漫游吴越,客死吴地。工书画篆刻,山水学米氏、黄公望、吴镇,用笔苍老秀逸,不拘于法,兼善画松。
②秋水:秋天的江湖水,雨水。《庄子·秋水》:"秋水时至,百川灌河。"

浅解:

饶公由宋珏"他日相思如读画"的诗句,联想到当年在碧寒家观赏宋珏画作时众好友相聚的情景,此时此景不觉宛如诗中所说的一般"相思如读画",思念友人的情绪愈加浓烈,如今也只能期待来年相聚之时了。

简译:来到此地雨雪遮隐云端,离别迎风感慨离群之悲。唯剩相思如读画般情义,明年秋水之日与君再见。

忆神田鬯庵①

万里经年②作暂游，重帷③烟篆④写深愁。
倚声⑤同赏扬州梦⑥，漫赋青溪⑦一带流。
（曾于君家观赏王渔洋《红桥修禊图》。）

注释：

①神田鬯庵：神田喜一郎（1897－1984），日本学者，字信畅，号鬯庵。
②经年：经历很长时间。
③重帷：即"重帏"，一层又一层帷幔。明·何景明《秋夕怀曹毅之》诗："南国江湖远，佳人尺素稀；独愁谁与语，明月鉴重帏。"
④烟篆：指香、香烟等的烟缕，因形似圆曲的篆字，故称。
⑤倚声：指按谱填词。
⑥扬州梦：典出唐杜牧《遣怀》诗："十年一觉扬州梦，赢得青楼薄幸名。"杜牧随牛僧孺出镇扬州，常出入娼楼，后分务洛阳，追思感旧，谓繁华如梦，故云。后用为感怀之典实。
⑦青溪：《青溪》是唐代诗人王维的五言古诗，被选入《全唐诗》的第125卷第52首。此诗描写了一条青溪的幽秀景色，诗人用多彩的画笔，绘出青溪流经不同地方时呈现的不同画面。此处借指赏略王渔洋《红桥修禊图》。

浅解：

饶公追忆友人神田鬯庵，诗歌不直接表达自己的情思，而是借助当年在神田鬯庵家中观赏王渔洋《红桥修禊图》的场景，从侧面体现两人的共同雅趣以及惺惺相惜的情谊。

简译：历经万里常年在外羁游，帷幔伴着烟缕萌生愁情。按谱填词一同触景感怀，赏略青溪流经不同之地。

心越犹存大雅①音,且将琴雅托秋林②。
九疑旧曲③今谁理,古怨④从君觅绣锧⑤。
(又观东皋禅师琴谱。君有意整理《唐写幽兰卷》。)

注释:

①大雅:大雅是《诗经》的组成部分之一。也称德高而有大才的人;泛指学识渊博的人;谓高尚雅正;等。旧训雅为正,谓诗歌之正声。
②且将琴雅托秋林:清·厉鹗有词集《秋林琴雅》。
③九疑旧曲:即唐代抄本《碣石调·幽兰》,一名《倚兰》,中国古代琴曲。
④古怨:亦旧曲名,最早的琴歌曲谱是宋代文学家姜夔创作的琴歌《古怨》。
⑤绣锧:即绣花针。

浅解:

此诗阐述了神田鬯庵一生的学术追求。整理琴谱,繁琐费心,饶公对其整理幽兰卷的毅力和举动非常佩服。

简译:心中依旧留存大雅遗音,且将琴中雅趣托付秋林。幽兰旧曲今日谁去整理?劳君古怨中觅得绣花针。

寄平冈武夫①

　　博雅②徐松③许颉颃④，城坊犹擅说长安。（君著有《长安与洛阳》）霜娥⑤对饮今何夕，恨隔中秋一日看。

注释：

① 平冈武夫：生于1909年，卒于1995年，日本汉学家，师从狩野直喜、小岛祐马，曾任教于京都大学、日本大学。
② 博雅：谓学识渊博，品行端正。《后汉书·杜林传》："博雅多通，称为任职相。"
③ 徐松：生于1781年，卒1848年，字星伯，原籍浙江上虞，寄籍顺天府大兴县，清代翰林，著名地理学家。
④ 颉颃：泛指不相上下。相抗衡，引申为不相上下。《晋书·文苑传序》："潘（潘岳）、夏（夏侯湛）连辉，颉颃名辈。"
⑤ 霜娥：神话中霜雪之神。《淮南子·天文训》："至秋三月……青女乃出，以降霜雪。"高诱注："青女，天神。青霄玉女，主霜雪也。"

浅解：

　　诗中对平冈武夫评价颇高，其学识能与徐松媲美，其著作述说长安、洛阳非常到位。朋友相惜之情在中秋霜雪之天尤甚，去年今日饶公与平冈武夫见面，而今转眼已过一年，两地相隔千里无法见面，心里多少有些惆怅。

　　简译：学识上与徐松不相上下，城坊犹其擅长阐述长安。霜娥与我对饮今日何时？只恨中秋日后相隔万里。

　　　　雨过秋高气自清，逢迎千里①见平生②。
　　　　疏狂③长记前踪迹，萧寺④寒山踏月明。
（去岁中秋后一日抵京都，其夕平冈邀饮，酒后同游洛中古寺。）

注释：

①逢迎千里：即千里逢迎，谓迎接远客。唐·王勃的《滕王阁序》："千里逢迎，高朋满座。"
②平生：旧交；老交情。唐·杨衡《送郑丞之罗浮中习业》诗："何当真府内，重得款平生。"
③疏狂：指豪放，不受拘束。唐·白居易《代书诗寄微之》："疏狂属年少，闲散为官卑。"
④萧寺：据唐李肇《唐国史补》卷中载："梁武帝造寺，令萧子云飞白大书'萧'字，至今一'萧'字存焉。"后因称佛寺为萧寺。

浅解：

　　此诗描述了饶公与平冈武夫于中秋后一日见面之事，友人邀饮，酒后共游佛寺，饶公的喜悦与疏狂一览无遗。

　　简译：雨过之后秋天心气自清，千里迎接远方到来旧友。彼此疏狂铭记往事故情，深山寺庙我们月夜同游。

忆侯夫曼

槛外千山入眼青,骚魂①依恋古罗亭。
莺啼燕语如相诉,可有当年鼓瑟②灵。

注释:

①指屈原。泛指死去的诗人。元·阮忠彦《追挽陈岑楼》诗:"欲酹骚魂何处是?烟波万顷使人愁。"
②鼓瑟:弹奏瑟这种乐器。

浅解:

此诗追忆诗人侯夫曼,诗人已逝,诗魂犹存,如今莺啼燕语,如同当年一起鼓瑟时般欢乐。

简译: 槛外碧绿千山入我双眼,诗人之魂仍依恋古罗亭。莺啼燕语如同相互诉说,是否似当年鼓瑟般灵巧。

细柳新蒲气已吞,炙眉喷鼻①孰相存。
伤心岂独鸳湖曲②,千载犹应仔细论。
(君治《吴梅村诗》。)

注释:

①炙眉喷鼻:典出《晋书·郭舒传》中郭舒因仗义抗暴而被"掐鼻"、"炙眉"。
②鸳湖曲:吴梅村有诗歌《鸳湖曲》。

浅解:

此诗是饶公对侯夫曼研究吴梅村诗歌的贡献大加赞赏,对其能够"仔细论"深入挖掘吴诗的精神表示佩服。

简译: 细柳新蒲已将怒气吞下,被人炙眉喷鼻尚能相存。伤心岂是只有这《鸳湖曲》,千百年来仍需要仔细研究。

闻　　雪

海南海北思无涯①，惭似江淹笔②有花。
听得声声尽骚屑③，残宵飘雪落谁家。

注释：

①思无涯：思想无束缚，思想无边界，想象力无穷无尽。
②江淹笔：江淹笔是一个用于比喻杰出的文才或文才出众者的词汇。其典源自南朝梁江淹，少有文名，世称江郎。传说江淹少时，梦人授以五色笔，故文采俊发。后以"江淹笔"比喻杰出的文才或文才出众者。亦省作"江笔"。
③骚屑：风声。汉·刘向《九叹·思古》："风骚屑以摇木兮，云吸吸以湫戾。"

浅解：

　　饶公未见飘雪，而闻其声响，思绪不受拘束，想象白雪纷飞如同笔下之花一般绽放，伴着风声落入人家，深夜恬然之情萌生。

　　简译：天南地北思想不受拘束，白雪惭似江淹妙笔生花。雪声伴着风声徐徐入耳，残夜这些飘雪落入谁家。

一九六六年一月十一日巴黎大雪，郊外深三尺，十年所未有，喜赋

初飞尚似柳绵轻，倏尔琼琚①满砌生。
风院却如花一片，做成非雨又非晴。

注释：

①琼琚：精美的玉佩，喻雪。明·茅平仲《夜行船序·宴蓟镇宛在亭四景》套曲："风渐寒同云密布，雪乱舞满地琼琚。"

浅解：

　　此诗描述了雪落时刻的场景，从轻似柳絮，再到琼琚满砌生，如同落花满院，既非下雨又非晴天，体现了雪的：轻、白、满、如花、非雨、非晴等鲜明特点。

　　简译：初飞雪花似柳絮般飞舞，忽然皎洁如玉满地砌生。风吹入院如花般片片落，如此既非下雨又非晴天。

　　东来和气阻严冬，一夜坚冰白尽封。雪北香南方会得，妙天拈出似机锋①。（沙滕臻禅师答僧问"金粟如来下降"云："香山南雪北山。"吴藻名其集曰《香南雪北词》。）

注释：

①机锋：禅林用语，又作禅机。机，指受教之法所激发的内心活动，或指契合真理的关键、机宜；锋，指活用禅机的敏锐状态，意思是说禅师或禅僧与他人对机或接化学人时，常以寄寓深刻、无迹象可寻，乃至非逻辑性的言语来表现一己的境界或考验对方。

浅解：

　　此诗对雪封千山的壮观景象甚为喜悦，并化用沙滕臻禅师答僧问金粟如

来下降之典故，表达了饶公对天地间浑然天成即是禅机的看法。

简译：东边祥和之气阻碍严冬，一夜之间坚冰雪白覆盖。雪北山香山南方会得悟，妙天随意拈出即是禅机。

初食高丽蓟①

法语 Artichant，俗云："Avoir Un Coeur d'Artichant."喻人心如此草，一时易以钟情，戏为诗咏之。

密瓣层层意自深，新蓬初剥见同心。
从君咬遍春边醉②，后夜相思那可寻。（汉俗古有咬春之习，清姚燮咏春饼"一枝春"词云："指村帘有客，春边寻醉。"）

注释：

① 高丽蓟：即朝鲜蓟，别名菊蓟、茉莉、法国百合、荷花百合，多年生草本植物。
② 咬遍春边醉：立春这一日，民间讲究要买个萝卜来吃，叫作咬春。因为萝卜味辣，取古人"咬得草根断，则百事可做"之意。

浅解：

饶公此诗充满趣味，从品食高丽蓟咏叹出富含哲理的诗句，又联想到咬春的习俗，从中烘托出饶公对高丽蓟的喜爱和好奇之心。
简译：一层一层密瓣其意颇深，剥开新叶喜见其同本心。随君咬尽此等春天美味，莫等后夜燃起思念之情。

横波无赖是阿侬①，抽尽茧丝意更慵。
调以白盐掺素手②，世间何物似情浓。

注释：

① 横波无赖是阿侬：多情的男人总是败在女人秋波的涟漪中，以致宋人周邦彦只有摇头感叹："无赖是横波。"明·冯梦龙《醒世恒言·隋炀帝逸游召谴》："帝乃嘲之曰：'个人无赖是横波，黛染隆颅簇小峨。幸好留侬伴成

梦，不留侬住意如何？'"
②素手：多指女性的手。宋·苏轼《洞仙歌》："起来携素手，庭户无声，时见疏星渡河汉。"

浅解：

　　饶公由吃高丽蓟联系到人最为脆弱的感情，我们经常败在感情用事之上，以至于"抽尽茧丝"还不休，不由得感叹究竟世间有什么东西比情更浓呢？这实际上是一个永远解不出来的难题。

　　简译：是我们暗送无赖的秋波，抽尽蚕丝其意更加慵懒。用白盐放手中加以调味，世间有什么东西似情浓。

浮香①如荠舌留甘，红豆春来尚困憨。
还向东风将酒祝，柔肠空欲绕吴蚕②。
（吴绮句"把酒祝东风，种出双红豆。"）

注释：

①浮香：飘溢的香气。隋炀帝《宴东堂》诗："清音出歌扇，浮香飘舞衣。"
②吴蚕：吴地之蚕。吴地盛养蚕，故称良蚕为吴蚕。唐·李白《寄东鲁二稚子》诗："吴地桑叶绿，吴蚕已三眠。"

浅解：

　　饶公此诗由食高丽蓟联想到相思之情。春天已到，相思愁苦仍旧持续，想要抒发心中苦闷，还得借助东风把酒祝，品五味杂陈的人生。

　　简译：溢出香气如荠唇齿留甘，春天来临红豆依旧困憨。还须迎着东风把酒言欢，空寂柔肠想要绕着吴蚕。

以 Lilas 插胆瓶漫赋

案头清供①伴低徊,脉脉佳人把绣裁②。
报道新晴簷雪③霁,早花含蕊待春来。

注释:

①清供:清供是在室内放置在案头供观赏的物品摆设。
②绣裁:即刺绣。
③簷雪:檐雪,宋代苏洎有词赋之。

浅解:

饶公作诗赋 Lilas 插胆瓶,用"佳人把绣裁""新晴簷雪霁""早花含蕊"将其细腻生动地刻画出来。

简译:几案上供欣赏让我流连,温柔细心之人将之绣出。似报屋檐雪停晴天到来,花儿早放等待春天到来。

眉梢眼底挂垂垂,月榭①烟寮②晚更宜。
多少鸾笺③愁寄与,且扶乡梦写乌丝④。

注释:

①月榭:赏月的台榭。南朝·梁·沈约《郊居赋》:"风台累翼,月榭重栭。"
②烟寮:烟雾缭绕的小屋子。
③鸾笺:古纸名,彩笺。宋·苏易简《文房四谱·纸谱》:"蜀人造十色笺,凡十幅为一榻,……然逐幅于方版之上研之。则隐起花木麟鸾,千状万态。"
④乌丝:乌丝栏,版本学术用语。谓书籍卷册中,帛书有织成或画成之界栏,红色者谓之朱丝栏,黑色者谓之乌丝栏。唐·李肇《唐国史补》卷下:"宋亳间有织成界道绢素,谓之乌丝栏、朱丝栏。"纸本书的界栏仍沿

用这些称呼。

浅解：

饶公由胆瓶景物联想到自己思乡之情愁，无奈情愁无法宣泄，只得寄托于图书之中聊表心意。

简译：垂垂悬挂尽入眉梢眼底，台榭烟屋傍晚更加相宜。花费多少彩笺寄与忧愁，姑且将乡梦写入乌丝栏。

题 纳 兰[①] 词

　　雨雪霏霏靡所之,青山湿遍有新词。(此容若悼亡所作新曲,周之琦《梦月集》沿之。)乌头马角[②]能相救,水厄[③]偏难忏大悲[④]。(纳兰拯吴汉槎于塞外,然其归自吴江即舟覆而没,汉槎曾为容若刻《大悲陀罗尼忏》。王昶《论诗绝句》咏汉槎云:"谁知水厄还难忏,枉为同人礼大悲。"此事世罕知之。)

注释:

① 纳兰:纳兰性德(1655年—1685年),叶赫那拉氏,原名成德,避太子保成讳改名为性德,字容若,满洲正黄旗人,号楞伽山人。清词三大家之一,清朝第一才子、第一学者。
② 乌头马角:比喻不能实现之事。同"乌白马角"。《史记·刺客列传》:"乌头白,马生角,乃许耳。"
③ 水厄:溺死之灾。《北齐书·循吏传·房豹》:"绍宗自云有水厄,遂于战舰中浴,并自投于水,冀以厌当之。"
④ 忏大悲:大悲忏,又名千手千眼大悲心咒行法,系据大悲咒所作之忏法。

浅解:

　　此诗叙述了纳兰性德救助吴汉槎之事,然最终营救成功之后,吴汉槎却不幸溺死,不得让人感叹现实之中许多事情无法挽回,这让饶公感到无奈。
　　简译:雨雪纷飞触处所向披靡,湿遍万里青山终赋新词。乌头马角之事怎能相救?溺死之灾大悲咒亦难忏。

　　浭阳[①]旧刻在扬州,(张纯修,奉天浭阳人,与朱竹垞多唱和,为容若刻《饮水词》于扬州。)再世仲安亦悠悠;(镇洋汪仲安有"纳兰再世"之目。重辑纳兰词,较袁通本多一百余阕。)渌水红栏柯似黛,风花侧帽自风流[②]。(晏小山:"侧帽风前花满路。"禹之鼎绘容若三十一岁像,红栏老桂,叶作深黛色。)

注释：

①浭阳：即指张纯修，清代直隶丰润人，汉正白旗籍，字子敏，号见阳，又号敬斋，官庐州知府。画山水，家藏有名画极为丰富，因之临摹古画能达到形神逼肖的地步。又工书法，学晋唐人体势，并善刻印。
②风花侧帽自风流：见宋·晏几道《清平乐》有"侧帽风前花满路，冶叶倡条情绪"。纳兰性德亦有词集《侧帽集》，此为双关语。

浅解：

　　此诗进一步阐述了纳兰性德在历史之中的地位以及其词自得"风流"的意境。

　　简译：张浭阳旧时刻石在扬州，仲安辑纳兰词使其再世。清水红栏老桂叶色如黛，风前花开《侧帽》自然风流。

登 月 戏 咏

静海翻云黑似乌,再来初地已模糊。
广寒宫①里银河路,飞雪扬尘始戒途②。

注释:

① 广寒宫:中国神话传说中,月球的居民有太阴星君(月神、月光娘娘)、吴刚、嫦娥、玉兔。月宫也称蟾宫,后人将嫦娥奔月后所居住的屋舍命名为广寒宫。
② 戒途:亦作"戒涂"。指出发,准备上路。《晋书·文六王传论》:"遂乃褫龙章于衮职,徒侯服于下藩,未及戒涂,终于愤恚,惜哉!"

浅解:

饶公此诗写出了有情人再次来到月球的感受,当年广寒宫、银河,如今皆已模糊,唯有尘土飞扬伴着自己上路。

简译:静海上空云朵乌黑一片,再来初地记忆已经模糊。当年广寒宫里银河之路,飞雪扬起烟尘准备上路。

吴质①肯将桂树抛,蟾蜍②散尽恐难遭。
人间凿险③俄天上,此去云霄几羽毛。

注释:

① 吴质:即吴刚,古代神话人物,被天帝惩罚在月宫伐桂树。
② 蟾蜍:《全上古文》辑《灵宪》则记载了"嫦娥化蟾"的故事记载有:"嫦娥,羿妻也,窃王母不死药服之,奔月。将往,枚占于有黄。有黄占之,曰:'吉。翩翩归妹,独将西行,逢天晦芒,毋惊毋恐,后且大昌。'嫦娥遂托身于月,是为蟾蜍。"嫦娥变成癞蛤蟆后,在月宫中终日被罚捣不死药,过着寂寞清苦的生活。

③凿险：追求峻险。

浅解：

  此诗前阕由传说写起，感叹当年吴刚能够为情抛弃自己的"事业"，此种痴情恐怕在"蟾蜍"（嫦娥）离开之后难以遇到了。后阕饶公转而写登月之事，写出人们不怕艰难险峻登上月亮的勇气与智略。

  简译：吴刚甘愿将桂树抛弃掉，蟾蜍散尽恐怕再难遇到。人间不怕险峻毅然登天，此去云霄耗费多少羽毛。

禅趣四首和巴壶天①

劫草②连云吹不断，业风③随浪更无端④。
置身还寓诸庸⑤外，莫问菖蒲可作团。
（《齐物论》："为是不用而寓诸庸。"）

注释：

①巴壶天：安徽滁县人（1904～1987），名东瀛，字壶天，号玄庐，为中华学术院哲士。1949年到台湾之后，受聘为国立编译馆编纂。1963年应新加坡义安学院之聘，出任该院中文系教授兼主任。此外，又曾先后任教于台湾师范大学、台湾大学、东海大学等校。晚年潜心于诗及禅。所撰禅学论文多见载于《艺海微澜》及《禅骨诗心集》二书中。
②劫草：即重新长出来的草。
③业风：佛教语。谓善恶之业如风一般能使人飘转而轮回三界。《汉魏南北朝墓志集释·隋张涛妻礼氏墓志》："但尘芳不寂，终谢业风。"
④无端：指没有尽头。《汉书·卷二十一·律历志上》："周旋无端，终而复始，无穷已也。"
⑤寓诸庸：寄托于有用之中。寓，寄托；诸，讲作"之于"；庸，指平常之理。一说讲作"用"，含有功用的意思。

浅解：

此诗充满禅理，自然万物无穷无尽，其中奥义并非人在一早一夕能够理解。各种无用均寄托于有用之中，即使我们置身其中也未必能够观察到其本真，所有的东西都无法强求解释，那就不如不闻不问，且待时间来给我们解开谜题。

简译：新草连绵不绝连接云天，业风随波逐流没有尽头。置身其中寄托有用之外，莫问菖蒲能否杂糅成团。

移花临境自生春，袯垢①如销霁后尘。
相去仙凡宁尺咫，林间乞取著闲身②。

注释：

①祓垢：古代用斋戒沐浴等方法除灾求福。
②著闲身：置轻松之身。

浅解：

　　此诗阐述了与自然山林亲近的重要性，不管是不是人为的"移花"刻意来接近自然，都是能够"生春"。与仙凡咫尺接近，向山林乞求灵感进行创作，是饶公的希望。

　　简译：移花到此春意自然而生，斋戒沐浴如去晴日扬尘。宁愿与仙凡能咫尺相近，乞求林间觅得轻松之身。

　　　　水影山容尽敛光①，灵薪②神火散余香。
　　　　拈来别有惊人句，无鼓无钟作道场。
　　　　（支遁句"穷理增灵薪，昭昭神火传。"）

注释：

①敛光：聚光。
②灵薪：指众生本具之佛性，清净无染，灵照而放光明。

浅解：

　　此诗阐述了顺其自然的禅理，亦是饶公在诗词书画上所追求的境界，八大山人说，"文字亦以无惧为胜，刬画事！""无鼓无钟，空所有"（石涛语），然后才能无惧，才能"有"。诗中"拈来"才能获得最好的境界，做人、创作皆是如此。

　　简译：水影山容一同凝聚光辉，灵薪神火之光香泽世人。信手拈来总有惊人之句，没有钟鼓亦能修行学道。

　　　　拂衣①一笑首重回，面壁②还当肆口③开。
　　　　日日刹幡④原不动，好风偏与役心⑤来。

注释：

①拂衣：指振衣，表示坦然面对。
②面壁：佛教用语，面对墙壁默望静修。据说佛教禅宗初祖菩提达摩寓止于嵩山一天然石洞中，曾面壁而坐，终日默然静修九年。
③肆口：犹随口。有时含任意或无所忌惮之意。《文选·陆机〈演连珠〉之三八》："臣闻放身而居，体逸则安；肆口而食，属厌则充。"
④刹幡：六祖惠能刹幡之典，宋·普济《五灯会元》卷一："祖寓止廊庑间，暮夜，风扬刹幡。闻二僧对论，一曰幡动，一曰风动。往复酬答，曾未契理。祖曰：'可容俗流辄预高论否？直以风幡非动，动自心耳。'"
⑤役心：为心所役使。《逸周书·卷三·武顺》："人道尚中，耳目役心。"孔晁注："言耳目为心所役也。"

浅解：

　　此诗阐述了心境的重要性，诗中借用面壁、刹幡之典，表达出修心可不拘形式，只要心静，即使恣意而为，亦能看清世间之事。

　　简译：轻拂衣袖笑而回首一看，面壁静修亦可恣意而为。日日风扬刹幡原来不动，好风只是为心役使而来。

学苑林杂题

有绿无黄不计年①,端居最爱此芊绵②。
忽然一夜风吹雨,满地横流可泛船。

注释:

①计年:计算岁月多少。宋·胡宿《周大象可秘书丞任利有可殿中丞陈之损可右赞善大夫制》:"国家制法以检官成,计年而考吏治。劳能者进,否劣知劝。"
②芊绵:草木茂盛貌。南朝·梁元帝《郢州晋安寺碑铭》:"凤凰之岭,芊绵映色。"

浅解:

　　此诗描写山林雨季的景象。山林之中一年四季草木未见枯黄,狂风暴雨来临,山林积水。饶公竟欣喜若狂,雨水已经多到可以泛舟了,体现饶公随遇而安的心境。
　　简译:四季常青忘却岁月流逝,闲居最爱草木繁茂之时。忽然一夜狂风暴雨袭来,满地积水已可划船泛舟。

出门但见青青草,解语漫寻灼灼花①。
惟有胡姬(星洲名花)能劝客,一枝投老②且为家。

注释:

①灼灼花:即明媚鲜艳之花。
②投老:垂老;临老。《后汉书·循吏传·仇览》:"母守寡养孤,苦身投老,奈何肆忿于一朝,欲致子以不义乎?"

浅解:

　　眼前青青之草,解语之胡姬花,让羁旅他乡的饶公感到心安,竟萌生落户此处安家之意，体现了饶公喜与自然为友的性格。

简译：出门青青草丛眼前相迎，满地寻找与己共鸣之花。唯胡姬花能够劝留远客，一枝到老姑且落户为家。

枯藤猿挂雨毵毵①，唤起画师李世南②。
只道无冬长是夏，未谙③摇落向江潭。

注释：

①毵毵：垂拂纷披貌。宋·陆游《题阎郎中溧水东皋园亭》诗："毵毵华发映朱绶，同舍半已排云翔。"
②李世南：字唐臣，出生于安肃（今河北徐水）。北宋著名画家，擅画山水。苏轼有诗《书李世南所画秋景二首》等。
③未谙：不了解。

浅解：

此诗阐述了眼前之乐，当为题画之诗。北宋画家李世南之画定格在这里的山山水水。饶公停留在这样一个夏天雨景里，流连而忘记了秋天凋零之季节。

简译：细雨霏霏猿猴枯藤嬉戏，此景唤起了画家李世南。道是只有夏天没有冬天，无法体会凋零落江之境。

海气①炎蒸日易昏，何曾人物异中原。
偶来交臂牛车水②，曲米③摊香又一村。

注释：

①海气：海面上或江面上的雾气。《汉书·卷六·武帝纪》："朕巡荆扬，辑江淮物，会大海气，以合泰山。"
②牛车水：是指新加坡唐人街的意思。牛车水名字的由来是当时没有自来水，牛车运水情景在唐人街非常普遍，便称唐人街为"牛车水"。

③曲米：红曲米、红曲粉、红米汁、丹曲、福曲。在烹饪中，红曲米的应用较为广泛，可用于烧菜染色。

浅解：

饶公虽然对自己一生征途感到无奈，但是还是能够坦然面对，如今又辗转来到新加坡，其实此地的人与中原有和差异呢？只不过是内心作祟，天色渐晚，他又从一村走过了另外一村，了无挂碍。

简译：海上雾气蒸腾天色渐晚，此地人物与中原何相异。偶然来此与牛车水交臂，曲米飘香我又过了一村。

黄昏缺月逾墙来，谁是西邻翟秀才①。
只惜林婆②难压酒，一杯暂与略形骸③。

注释：

①翟秀才：翟逢亨，广东省惠州市人，北宋归善县地方文化名人，是个有学问有德行的读书人，街坊尊称他为"翟夫子"。翟夫子与东坡往来亲善，苏轼有诗《白鹤峰新居欲成，夜过西郊翟秀才》。

②林婆：北宋大文豪苏东坡的邻居林婆以罗浮山甘冽泉水，以独有密方酿造出醇厚、淡雅的"林婆酒"，大受天生嗜酒的苏东坡青睐。东坡先生除了在其《上梁文》一文中提到"年丰米贱，林婆之酒可赊"，还写下了"于美诗中黄四娘"的诗句赞誉林婆，林婆酒继而广受名人雅士的喜爱。

③略形骸：即"脱略形骸"。不拘小节，率情率性，任由心神超脱于肉体之外，也有不受约束，放浪不羁的意思。

浅解：

饶公在星洲过得不大如意，心中的困顿无法消解，他期盼有如东坡翁当年一样的邻居，像可与亲善的有德有才之人翟秀才和能够酿出美酒的林婆，这样就能帮自己暂时摆脱尘世的束缚。诗歌流露出了他渴望自由和精神独立的真性情。

简译：无月黄昏暗色逾墙而来，谁作我西边邻居翟秀才。可惜没有林婆酿出美酒，予我一杯暂且脱略形骸。

日日步行过野桥，藤梢竹刺①一身遥。
汛来还似通潮阁②，鹘没天低夜寂寥。

注释：

① 藤梢竹刺：树藤之梢，竹子之刺。宋·苏轼《被酒独行，遍至子云、威、徽、先觉四黎之舍》："半醒半醉问诸黎，竹刺藤梢步步迷。"
② 通潮阁：指《澄迈驿通潮阁二首》，是宋代文学家苏轼的组诗作品。这两首诗着意抒发思乡盼归的心情。

浅解：

    饶公身处异乡，日日夜夜在陌生的环境下奔波，让他尤为孤苦，诗中借用东坡诗句表达了自己思乡盼归的心情，伤感而无助。

简译：日日步行经过旷野之桥，藤梢竹刺伴我漫走遥地。汛期来临与通潮阁相似，天低雀鹰远飞深夜寂寥。

长沙酒家①坐月翌日小女将有远行

驱车一去是长沙（Pasir Panjang），环海繁灯尽著花。
为谢殷勤云外月，相随明日到天涯。

注释：

①长沙酒家：新加坡巴西班让是达迈半岛传统的海滨村庄之一，长沙酒家位于该地。

浅解：

女儿远行，作诗饯行，诗歌表达出对女儿的不舍之情——此去不知几时相见，真心感谢明月相随小女，替自己陪伴她直至天涯。

简译：此次驱车前去长沙酒家，环海繁华灯光点缀锦花。多么感谢云外殷勤之月，相随直至天明同到天涯。

暗水①回波意自遐，窗前疏影树横斜。
清泉也奏阳关曲②，南去云山路尚赊。

注释：

①暗水：潜藏不显露的水流。唐·李百药《送别》诗："夜花飘露气，暗水急还流。"
②阳关曲：阳关三叠是根据唐代诗人王维（699—759）诗《送元二使安西》谱写的一首琴歌，唐末诗人陈陶曾写诗说："歌是《伊州》第三遍，唱着右丞征戍词。"说明它和唐代大曲有一定的联系。后来又被谱入琴曲，以琴歌的形式流传至今。王维的诗是为送友人去关外服役而作，全诗是："渭城朝雨浥轻尘，客舍青青柳色新；劝君更尽一杯酒，西出阳关无故人。"谱入琴曲后又增添了一些词句，加强了惜别的情调。

浅解：

　　送别小女，饶公借用《阳关三叠》中送别之意，表达了自己心中的惆怅与不舍。

　　简译：暗藏之水回流自然遥远，窗前稀疏落影树木横斜。清泉之声如同阳关三叠，一路向南赊借山路前行。

戊申中秋夜月全食，鼓琴待月

凉露秋情动碧空，海滨溘舞①苇条风。
霜娥②此夕应无恙，一夕为君咒钵龙③。

注释：

①溘舞：水流如舞。
②霜娥：即嫦娥的名。借指月。宋·黄裳《蝶恋花·月词》："俄落盏中如有恋，盏未乾时，还见霜娥现。"
③钵龙：钵中之龙。事本北魏·崔鸿《十六国春秋·前秦·僧涉》："僧涉（一作沙公）者，西域人也……能以秘祝下神龙。每旱，坚常使之咒龙。俄而龙便下钵中，天辄大雨。"

浅解：

　　中秋夜，月全食。饶公海滨鼓琴等待月亮显现，在此时间，周边的景象让其浮想联翩，竟为天庭那个无私为世人念咒祈福的嫦娥担忧。诗中体现饶公丰富奇特的想象力和细腻的感情。
　　简译：冷露伴着秋情惊动碧空，海滨翩翩起舞苇风轻拂。嫦娥今夜应该没有大恙，一夕为我们诵念钵龙咒。

加东海畔①

袅袅微波雨后寒，海神山客见应难。
刷风②椰叶徒生媚，繁发垂青荔子丹③。

注释：

①加东海畔：新加坡加东（Katong）。位于东海岸一带的加东是一个环境幽静的居住景区。早期住在这里的主要是富有的土生华人家族（"Peranakan"，在马来语中是"土生"的意思）。
②刷风：疾风。
③荔子丹：荔子丹调见《高丽史·乐志》。双调五十三字，上下段各四句，三平韵。

浅解：

  饶公在加东海边赏略风景，雨后寒意渐生，疾风让远近椰叶生媚，让饶公有感而发，这种境界最适合赋诗填词了。

  简译：烟波缭绕升腾雨后冷寒，难见大海之神山中之客。疾风吹拂椰叶徒生媚意，此种境地最喜用《荔子丹》调。

九　　日①

久荒研石②已生苔，润逼琴丝③抚自哀。
不上层楼才几日，满城风雨送诗来。

注释：

① 九日：即九月九日重阳节。
② 研石：磨墨的用具。古代的墨呈粒状，用时纳入砚中加水，用石研磨，此石称为研石。
③ 润逼琴丝：因下雨琴弦变湿。南宋·周邦彦《大酺·对宿烟收》："润逼琴丝，寒侵枕障，虫网吹黏帘竹。"

浅解：

　　重阳时节，风雨不止，饶公对自己许久没有鼓琴有些自责，抒发了对时光易逝的感叹。
　　简译：荒废学业研石都已生苔，琴弦湿透抚之哀伤萌生。不登高上楼才过了几日，这满城风雨将诗兴送来。

节到花黄草不黄，登高随例①对茫茫。
南溟四海皆衿带②，莫问他乡与故乡。

注释：

① 随例：按照惯例。《周书·文帝纪上》："天兴初，徙豪杰于代都，陵随例迁武川焉。"
② 衿带：比喻形势回互环绕的要害之地。汉·张衡《西京赋》："岩险周固，衿带易守。"

浅解：

　　饶公九月初九按惯例登高，只是此次登上的是异国他乡的山峰，四面环海，茫茫一片，思乡之情难以排解。在这个时刻，他只祈求忘记他乡与故乡的区别，愁情言溢于表。

简译：重阳节到花黄了草不黄，按照惯例登高面对茫茫。南洋之地四海险峻环绕，莫要追问他乡还是故乡。

杂 题

椰云摇梦落重柯①,芳草如茵②海不波。
白鸟声中孤叶坠,绿杨风起意如何。

注释:

①重柯:枝叶。
②如茵:像铺着的东西,形容很柔软。

浅解:

　　此诗通过景物透露出一派恬静祥和之境,往往是饶公境由心生的表现,从中体现了当时他平和的心境。
　　简译:椰云惊扰睡梦落入树梢,芳草细软海水不扬波澜。白鸟啼鸣声中孤叶坠落,绿杨随风飘荡其意如何。

湖外草青及岸齐,诗心上下极云泥①。
百年人事低徊②遍,输向桄榔听鸟啼。

注释:

①云泥:语出《后汉书·逸民传·矫慎》"〔吴苍〕因遗书以观其志曰:'仲彦足下,勤处隐约,虽乘云行泥,栖宿不同,每有西风,何尝不叹!'"云在天,泥在地,后因用"云泥"比喻两物相去甚远,差异很大。
②低徊:回味;留恋地回顾。清·赵翼《瓯北诗话·查初白诗》:"此种眼前琐事,随手写来,不使一典,不著一词,而情味悠然,低徊不尽,较之运古炼句者更进矣。"

浅解:

　　饶公触景生情,触景生诗,感叹百年来人事的艰辛,然而与其闷闷不乐，不如且将愁苦暂时忘却，领略大自然桄榔鸟啼之美景。

简译：湖外草色青青与岸齐平，诗人之心上天下地接着云泥。回忆这百年来人事兴衰，心事托付桄榔听听鸟啼。

槟城极乐寺路旁题壁，有光绪丙午听水翁①留念妙莲方丈绝句，漫灭不可卒读，试为录出。诗云："龙象真成小鼓山，廿年及见写经还。何期六十陈居士，听水椰林海色间。"检《沧趣楼集》，果有此诗，因和两首

  试招凉吹②到神山，清磬③惊禽相与还。
  犹有旧题留坏壁，渐多新塔出云间。

注释：

①听水翁：陈宝琛（1848—1935），字伯潜，号弢庵，又号桔叟，听水翁，沧趣老人等，清同治七年（1868年）进士，官至内阁学士，授读毓庆宫，终授太保，进太傅。
②凉吹：凉风。唐·钱起《早下江宁》诗："暮天微雨散，凉吹片帆轻。"
③清磬：磬是古代的一种乐器，以清音见长，故曰清磬。

浅解：

  饶公于马来西亚极乐寺路旁看到了清代光绪丙午期间听水翁陈宝琛的题壁，尤为欣喜，随和诗两首。诗中描绘了路旁之景，风吹到神山，寺庙的清磬惊扰飞鸟，旧时题壁，在新立佛塔之中清晰可见。

  简译：尝试着将凉风迎到神山，清磬惊扰禽鸟纷纷飞还。仍然有旧时题壁之诗歌，多了许多新佛塔出云间。

  入海无须更出山，九州①行遍不知还。
  天涯别有临歧②意，只在崎岖踯躅③间。

注释：

①九州："九州"最早见于《禹贡》，相传古代大禹治水时，把天下分为九州，于是九州就成了中国的代名词。又有一说，为黄帝始创"九州"之说。此处指饶公行走之地广泛。

②临歧：本为面临歧路，后亦用为赠别之辞。
③踯躅：形容慢慢地走，徘徊不前，同"踟蹰"。

浅解：

　　诗歌表面写在山路岔口取道中犹豫不决，实际是饶公自身的写照。饶公羁旅于外，面临人生道路的分岔口，徘徊不定，不知几时能够回到故乡，茫然且无奈。

　　简译：入了海则无须再出山了，足迹行遍九州不知归还。天涯海角总有临歧之时，在崎岖山路中徘徊不前。

花圃和晋嘉①

花发犹怜月上迟,看花人远想春姿。
无花枉自歌金缕②,何日从君共折枝③。

注释:

①晋嘉:谢晋嘉,泰国华人,书画家、收藏家。
②金缕:唐诗《金缕衣》的省称。
③折枝:见唐·杜秋娘《金缕衣》:"花开堪折直须折,莫待无花空折枝。"

浅解:

饶公赏花,思念远方友人,感叹时光易逝,友人难聚,期望着未来某时与君团聚的日子。

简译:花儿开了可惜未见明月,远处赏花想象春姿绽放。没有花时枉自吟诵《金缕》,哪天才能与君折取花枝。

鲲岛欸乃

草山①二首

山峻天低夏亦凉,晨兴蒙雾尚汪洋②。
漫言河岳英灵③在,有鸟不鸣花不香。
(山间温泉硫磺味极浓,故其谚云"鸟不语花不香"。)

注释:

①草山:台湾的阳明山。在台北市近郊,居纱帽山之东北,磺溪上源谷中。原名草山,位于大屯火山群最高峰七星山(海拔1 120米)南侧。该山是风光秀丽的旅游观光胜地。
②汪洋:宽广无际。《楚辞·王褒〈九怀·蓄英〉》:"临渊兮汪洋,顾林兮忽荒。"
③河岳英灵:河专指黄河,岳专指中岳嵩山,此指中华的英才。

浅解:

此诗为写景诗,写出了夏天清晨时分的阳明山山景。夏日凉爽,山高天低,雾气迷蒙,山间温泉的硫磺味使远近鸟鸣花香受到影响,在这一点上,饶公深有体会。

简译:山高峻天低垂夏天凉爽,清晨雾气迷蒙宽广无际。漫说中华大地英才辈出,有鸟鸟不啼有花花不香。

护绿不锄有命草,隐青①但酌无声泉。
山中爽气生秋后,楼外清歌独秀先。

注释:

①隐青:本义为青白瓷。亦指白中隐青的单瓣梅花。此指隐于山林的泉水。

浅解：

　　此诗续写阳明山山景，绿草遍野，泉水隐于其中，秋高气爽，有人在楼外歌唱，恬淡而自然。

　　简译：爱护绿野不践踏有命草，细品隐于山中无声之泉。山中飒爽之气生于秋后，楼外清唱显得与众不同。

水 里 坑①

千里东来水尽浑，万山合处见孤村。
鹿洲②先我曾来此，艰绝悬崖手自扪。

注释：

①水里坑：水里地区原是台湾原住民聚居之所，现在仍保有其特殊风貌。由于当时气温寒冷，水量充沛，故取名"水里坑"。

②鹿洲：蓝鼎元，字玉霖，号鹿洲，福建省漳浦县人。康熙六十年（1721年），蓝鼎元随蓝廷珍出师入台，平台后又在台湾住了一年多。他出入军府，筹划军机，处理政务，著书立说，提出了很多治理台湾的策略蓝廷珍的文移书檄多出自他手。因而被誉为"筹台之宗匠"。雍正三年以贡士进内庭参修《大清一统志》，雍正五年（1727年）七月任普宁知县，十月兼署潮阳知县，秉公执法，因得罪上司，于六年被诬贪赃革职入狱。八年案清明晰，适潮州知府胡恂重修《潮州府志》，慕其才聘任为府志主纂，乃出狱主持修志。

浅解：

水里坑水势浩荡，孤村存于山中，缅怀当年蓝鼎元对台湾的贡献，与先贤神交，饶公怡然自乐。

简译： 水至千里而来自然浑浊，万山汇合之处见一孤村。鹿洲翁比我先来到此地，艰绝之涯让我紧捏手臂。

集 集① 道 上

蛮君山鬼杂鼋鼍②，危磴③艰如判命坡④。
到此豁然开大道，方知人力胜天多。

注释：

①集集：集集镇位于台湾南投县西部，北邻中寮乡，西邻名间乡，东邻水里乡，南接竹山镇、鹿谷乡，以铁道观光小镇闻名。
②蛮君山鬼杂鼋鼍：蛮君对蛮人的戏称。山鬼，山神，或泛指山中鬼魅。鼋鼍，是指巨鳖和猪婆龙（扬子鳄）。宋·苏轼《王维吴道子画》诗："蛮君鬼伯千万万，相排竞进头如鼋。"
③危磴：高峻的石级山径。北周·庾信《和从驾登云居寺塔》："重峦千仞塔，危磴九层台。"
④判命坡：见宋·范成大《判命坡》："钻天岭上已飞魂，判命坡前更骇闻。"

浅解：

通往集集镇的道路艰险崎岖，宛如通往地狱审判之路。谁也无法料想这样的艰途中竟隐藏人类现代化的成果，集集镇繁华的气息，让饶公感叹人力胜天的人类智慧。

简译：蛮人山鬼夹杂虫鱼走兽，高险难登如同判命之坡。达到此镇视野豁然开朗，才知道人力能够胜于天。

日月潭①杂诗

　　水水山山即复离，澄潭百丈窟蛟螭②。
　　飘然独木舟来去，（番往来必驾舴艋，刳独木为之，双桨以济，大者可容数十人）始见洪荒③一段奇。

注释：

① 日月潭：位于中国台湾省南投县鱼池乡水社村，是台湾最大的天然湖，仅次于曾文水库的第二大湖泊，中国最美的湖泊之一，由玉山和阿里山之间的断裂盆地积水而成。湖面海拔748米，常态面积7.93平方公里（满水位时10平方公里），最大水深27米，湖周长约37千米，是台湾外来种生物最多的淡水湖泊之一。
② 蛟螭：犹蛟龙，亦泛指水族。汉·扬雄《羽猎赋》："探岩排碕，薄索蛟螭。"
③ 洪荒：开天辟地之时。

浅解：

　　日月潭四周群山环抱，潭水清澈见底，潭中有一小岛远望好像浮在水面上的一颗珠子，名拉鲁岛，以此岛为界，北半湖形状如圆日，南半湖形状如弯月，日月潭因此而得名，诗中亦透露出大自然的鬼斧神工。
　　简译：山重水复绵延不曾断绝，百丈澄澈之潭蛟龙暗窟。独木舟往返飘于江潭上，领略这开天辟地的奇迹。

　　洪波不着一浮萍，万籁无声逝复停。
　　沆瀣①莽苍②供吐纳，波心影浸漫天星。（《台湾通史》云潭中旧多菱藕，番取以食。今则苹藻亦未见之。）

注释：

① 沆瀣：夜间的水气，露水。汉·司马相如《大人赋》："呼吸沆瀣兮餐朝

霞。"
② 莽苍：形容景色迷茫。《庄子·逍遥游》："适莽苍者，三餐而返，腹犹果然。"

浅解：

　　潭水碧蓝无垠，水气蒸腾，繁星倒映，万籁无声，水无浮萍，令人称奇。

　　简译：洪波竟然不着一叶浮萍，万籁无声四周如此寂静。水汽蒸腾迷茫与人相投，潭水波心映着漫天繁星。

终朝不见只禽飞，地窄天遥未许归。
忽起玉龙①三百丈，喧豗②雷瀑水深围。

注释：

① 玉龙：此处指水流。
② 喧豗：形容轰响。唐·李白《蜀道难》诗："飞湍瀑流争喧豗，砯崖转石万壑雷。"

浅解：

　　天地间寂静无声，飞鸟不见踪影，忽然间水柱激荡三百丈，雷瀑轰鸣四起，诗歌由静及动，给人一种震撼的感官想象。

　　简译：终日见不到有禽鸟飞过，地窄天遥未许它们归回。忽起玉龙般水柱三百丈，雷鸣声中瀑布深围其中。

登天路

路在日月潭左，共三百六十级，上有文武庙，风景幽绝。

升阶距跃①真三百，怀远题诗②到上头。
谁管人间鱼烂③局，白云脚下但悠悠。

注释：

①距跃：向上跳。《左传·僖公二十八年》："距跃三百，曲踊三百。"
②怀远题诗：怀远诗，古诗风格的一种，以思念朋友、亲人为主，其情感多凄凉，如《静夜思》《望月怀远》都属这类诗歌。这类诗歌在氛围上与送别诗类似，又有别于送别诗。
③鱼烂：鱼腐烂。比喻自内部糜烂腐败。汉·王符《潜夫论·明暗第六》："赵高入称好言以说主，出倚诏令以自尊。天下鱼烂，相帅叛秦。"

浅解：

从湖边山脚到文武庙门，共有365级台阶，有人戏称要走一年才能到达，故称"登天路"。饶公攀登石阶，幽绝之景令其忘了人情世俗，悠然畅游在白云之下。

简译：攀爬的石阶真有三百级，登高怀远题诗直到上头。哪里理会人间糜烂腐败，白云在我脚下悠然浮动。

化 番 社①

岸上乍闻捣杵声，九州除此孰清平。
呵春鼓煦②非人境，仗此侏离③移我情④。
（归化番时举杵作歌，与水相和答。）

注释：

①化番社：日月潭东边有忠孝村，过去称"化番社"，居住着一支曹族山胞部落。村民经常为慕名而来的游人表演民族歌舞，其中《柞舞》表现山胞妇女丰年舂米时的欢愉，节奏轻快，歌声清越，舞姿曼妙，是最受欢迎的传统节目。
②呵春鼓煦：见明·杨慎《升庵诗话》中载"鼓煦呵春，霞深露滴"。
③侏离：我国古代西部少数民族乐舞的总称。
④移我情：见《水仙操》记载："伯牙学琴于成连先生，三年不成。成连云：'吾师方子春在东海中，能移人情。'乃与伯牙俱往，至蓬莱山，留伯牙曰：'子居习之，吾将迎之'。俱至海上，成连刺船而去，旬时不返，伯牙延望无人，但闻海水洞涌，山林杳冥，怆然叹曰：'先生移我情矣。'乃援琴而歌，曰作《水仙》之操，曲终成连回，刺船迎之而还。伯牙遂为天下之妙矣。"

浅解：

　　委婉的歌声和健美舞姿、清越的杵音，糅杂着日月潭的风光，令饶公心旷神怡，达到"移情"之境。

　　简译：岸上忽然传来捣杵之声，除此九州哪里称得清平。和乐迎春这里并非人境，依仗陌生乐舞能移我情。

水　　社①

非浊何由得见清，却来深处觅蓬瀛②。（蓝鼎元谓日月潭古称蓬瀛，不是过也）山环百匝无归路，只有孤云与目成③。

注释：

①水社：即台湾省南投县鱼池乡水社村，日月潭即坐落其中。
②蓬瀛：蓬莱和瀛洲。神山名，相传为仙人所居之处。蓝鼎元赞誉日月潭为仙境。
③目成：通过眉目传情来结成亲好。《楚辞·九歌·少司命》："满堂兮美人，忽独与余兮目成。"

浅解：

游赏日月潭，领略其清澈、人间仙境、与世隔绝的特点，让饶公感到清新脱俗、怡然自得。

简译：不知浑浊哪里知道清澈，来到此地寻觅蓬瀛仙境。山环百匝不见归去之路，只有孤云与我眉目传情。

涵碧楼①夜宿

方丈蓬莱②在眼前，回波漾碧浩无边。
东流白日西流月，扶我珠楼③自在眠。

注释：

①涵碧楼：涵碧楼位于日月潭涵碧楼半岛，1916年，日本人伊藤被日月潭美景所迷，在涵碧半岛建一别墅，取名"涵碧楼"。昔日为蒋介石行馆，后改建为饭店。
②方丈蓬莱：传说中的神山传说中神仙居住的仙山，与瀛洲并称东海三神山。
③珠楼：华丽的楼阁。清·纳兰性德《柳枝词》："软风吹雪带微香，曾向珠楼扫钿床。"

浅解：

  饶公休憩于涵碧楼，赏略日月潭景，自得其乐，宛如在人间仙境。
  简译：方丈蓬莱仿佛就在眼前，水波碧绿荡漾浩瀚无边。东流似白日西流似弯月，让我在楼阁中自在而眠。

打 鼓 山①

打鼓山空水势移，烟笼鹿耳②尚迷离。
洪涛拍岸天无际，想见埋金崅筏③时。
（明时，林道干出没海上，埋金于此。）

［以上一九四七年修《潮志》初游台作］

注释：

①打鼓山：亦名打狗山、麒麟山，曾一度名高雄山和寿山，今名万寿山。在台湾高雄市港口北侧，海拔356米，为高雄市一带的最高点。
②鹿耳：鹿耳门，中国明清时期台湾岛西南岸重要港口航道，位于今台南市安平镇西北。
③埋金崅筏：林道干埋金之事。林道干，明代人，又名林浯梁，生于澄海县苏湾都南湾村（今属湾头镇）。青年时曾为潮州小吏，善机变，有智谋。从事海上反海禁活动达三十余年。万历元年（1573年）总兵张元勋等合兵围剿，他率众突围，到达柬埔寨，被柬埔寨王任命为把水使。明朝制置使刘尧海后闻林道干所在，乃传令搜捕，但其时林道干已潜回潮州，发掘往时埋藏的金银财宝，又招募百余名潮人，带往暹罗，改名为林浯梁，与暹王歃血为盟后，定居北大年港（今泰国南部），任掌管该港客长。

浅解：

打鼓山历经多年，水势迁移，烟雾笼罩，惊涛拍岸，当年林道干在此叱咤一时，人类的足迹总会为山景平添一点人气。

简译：打鼓山空水流也已迁移，烟雾萦绕鹿耳依旧迷离。波涛拍岸水天一望无际，想见当年道干埋金之地。